SCORPIO

Vincent Cueff

Briefe an Lila
Die Suche nach dem
Sinn des Lebens

Aus dem Französischen von
Hanna van Laak

SCORPIO

ÜBER DIESES BUCH

An der Schwelle zum Erwachsenwerden macht sich die junge Lila Gedanken über die großen Themen des Lebens: die Existenz von Gut und Böse, die Sinnhaftigkeit des Leids, die Beziehung zu anderen, die Kraft der Liebe, das Hadern mit dem eigenen Schicksal, aber auch den Umgang mit dem Tod. Eines Tages beschließt sie, ihrem ehemaligen Philosophielehrer zu schreiben, in der Hoffnung, Antworten auf ihre Fragen und Ängste zu bekommen. In einfühlsamen Briefen lässt der betagte Herr Lila an seinem reichen Erfahrungsschatz teilhaben und gibt ihr für alle Lebenslagen einen lateinischen Sinnspruch mit auf den Weg.

INHALT

EIN WORT VORWEG

Liebe Leserin, lieber Leser,

jeder mag sich an einem gewissen Punkt seines Weges die Frage nach dem Sinn stellen. Wir freuen uns, Ihnen die *Briefe an Lila* präsentieren zu können, einen Text, der uns durch seine Treffsicherheit und seinen Scharfsinn besonders begeistert und berührt hat.

Die *Briefe an Lila* sind eine Art Entwicklungsroman. Sie gehen jedoch durch ihre Tiefgründigkeit weit darüber hinaus.

Wenn Ihnen Lila, eine etwas orientierungslose junge Frau auf der Suche nach Wegweisern für ihre Weiterentwicklung, dabei ans Herz wächst, liegt das vor allem an der Kraft der lateinischen Maximen: *Esto quod es*, *Terra incognita*, *Amor fati* … Diese erstaunlich schlichten Weisheiten der Vergangenheit werden Ihnen helfen, zum Wesentlichen vorzudringen und ein erfülltes und bewusstes Leben zu führen.

Die lateinischen Sinnsprüche könnten in der Tat – entgegen allen Erwartungen – eines der wichtigsten Hilfsmittel für die persönliche Entwicklung werden … Gut und Böse, der Sinn des Lebens, Leiden, Liebe, Tod, Schicksal, die Beziehung zu anderen: All diese existenziellen Themen werden in diesem kostbaren Buch behandelt!

Wir wünschen Ihnen eine wunderbare Reise.

Carpe diem!

VORWORT DES AUTORS

Wie viele von uns stellt auch Lila sich Fragen. An der Schwelle zum Erwachsensein macht sie sich Gedanken über die großen Themen des Lebens: über Gut und Böse, das Leiden, den Sinn des Lebens, die Beziehung zu anderen, die Liebe, den Tod und das Schicksal.

Eines Tages beschließt sie, ihrem ehemaligen Philosophielehrer zu schreiben. Sie hofft, er könne ihr helfen, ihre Existenzängste zu lindern und Antworten auf ihren Lebensüberdruss zu finden.

Der alte Mann mit seinem reichhaltigen Erfahrungsschatz schreibt ihr einen langen Brief, in dem er ihr seine Lösung darlegt. Sie ist das Resultat jahrtausendealter Weisheit und erweist sich als gleichermaßen originell und überraschend, einfach und effektiv, und sie unterscheidet sich von den Ratschlägen, die üblicherweise in solchen Situationen erteilt werden.

Ich lade Sie nun ein, diesen Brief und seine inspirierenden Botschaften kennenzulernen. Ich bin mir sicher, dass auch Sie darin Antworten auf Ihre Fragen finden werden.

MEINE LIEBE LILA,

ich danke dir für deinen Brief und für das mir erwiesene Vertrauen. Es ist nicht immer einfach, zu wissen, bei wem man die Hilfe finden könnte, die unsere innere Unruhe lindern kann, wenn man eine Krise oder schwierige Zeiten durchmacht. Ich werde mich bemühen, in aller Bescheidenheit und nach bestem Wissen und Gewissen auf deine Fragen und Zweifel zu antworten. Ich habe nicht die Absicht, dir meine Ansichten aufzuzwingen oder dir eine Art von Moral mit Vorschriften wie »man soll« und »man soll nicht«, »du musst« und »du darfst nicht« zu diktieren; ich will dir auch keine rein theoretische oder dogmatische Belehrung erteilen.

Ich schlage dir vielmehr einige ganz einfache Orientierungshilfen vor, mit deren Hilfe du manche Türen zu einem reicheren, fruchtbareren, kreativeren und damit glücklicheren Leben öffnen kannst.

Du hast mich darauf hingewiesen, dass deine existenzielle Suche dich dazu bewogen hat, viele Bücher zu lesen und all denjenigen zuzuhören, die wissen oder zu wissen behaupten und zahllose philosophische und spirituelle Theorien zu studieren, die einander allzu oft widersprechen. So warst du nacheinander Christin, Buddhistin, Taoistin und New-Age-Anhängerin, bevor du dich mit den verschiedenen philosophischen Systemen befasst hast. Aber auch dort hast du die Antworten, nach denen du gesucht hast, nicht gefunden, und jetzt bist du wie geblendet von so vielen verschiedenen Lichtern. Dann hast du dich aus Überdruss allmählich künstlichen Paradiesen hingegeben, den Illusionen von Glück, die einen bitteren Nachgeschmack im Körper, im Herz und in der Seele hinterlassen. Und heute schreit dein ganzes Wesen seinen Kummer heraus und die gefährliche Verlockung des Nichts, die dich bedroht. Noch immer hast du kein Heilmittel für deine Ängste und deinen Lebensüberdruss gefunden.

Zunächst einmal möchte ich dich zu deinem Mut beglückwünschen. Denn, egal was du augenblicklich über dich denkst, du bist eine mutige junge Frau. Das glaube ich wirklich. Die spirituelle Suche ist ein steiniger, schwieriger Weg voller Fallstricke. Wir müssen uns unseren Ängsten und Schatten stellen und sehen uns oft genug mit dem Unverständnis unserer Familie und unserer Freunde konfrontiert, die dieses Abenteuer nicht mit uns teilen wollen. Denn es handelt sich durchaus um ein Wagnis – und wie jedes Abenteuer hält auch dieses seinen Teil an Risiken, Prüfungen, Zweifeln, Tränen und Entmutigungen bereit. Aber es verspricht auch intensive Freude, starke Emotionen, Aufregung, Lachen, Belohnungen und Mysterien. Es ist eine Straße ins Unbekannte, *terra incognita*, auch wenn es Markierungen gibt, die uns helfen, nicht allzu weit vom Weg abzukommen.

Und genau solche Markierungen möchte ich dir vorschlagen, die dem Schiff deines persönlichen Lebens wie Leuchttürme helfen können, die Klippen zu umfahren, den Tücken des Ozeans des Lebens zu trotzen und seine Stürme zu meistern, aber auch die Momente auszukosten, in denen dein Leben ruhig, schön und friedlich ist. Ich schlage dir vor, sie auszuprobieren und sie anschließend zu Lebensregeln zu machen, falls du feststellst, und nur dann, dass du mit ihrer Hilfe besser leben kannst.

Was also sind diese Markierungen? Es sind lateinische Lebensweisheiten, die die Jahrhunderte überdauert haben und noch immer Tausenden von Menschen auf der ganzen Welt Rat und Inspiration bieten. Aufgrund ihrer universellen und humanistischen Tragweite sind sie auf alle Bereiche unseres Lebens anwendbar – auf Gesundheit, die Liebe, Beziehungen, das Glück und auf die Suche nach dem Sinn des Lebens. Sie sind ein Geschenk. Sie bieten dir Antworten, wenn du welche brauchst. Sie ermöglichen es deinem Schiff, selbst im heftigsten Sturm den Kurs zu halten oder ihn wiederzufinden, wenn du ihn verloren hast – so wie es augenblicklich der Fall zu sein scheint.

Weshalb lateinische Leitsprüche, wo doch seit Langem kein Mensch mehr diese Sprache spricht? Zunächst einmal, weil die Sprüche leicht zu merken sind und weil darin in wenigen Worten eine erprobte, tausendjährige Weisheit komprimiert ist. Nach und nach werden sie dich unmerklich durchdringen und zu einfachen und effektiven Lebensregeln werden. Zum anderen, weil das Lateinische die Sprache der

Könige, der einstigen Priester, der Mysterien und der Kathedralen, der Alchemisten sowie der Magier und Zauberer war. Auf den Winden der Vergangenheit, die über den römischen Tempeln und den Weisen des Altertums wehten, wurde es zu uns herübergetragen – von ewiger Dauer, gestern, heute und morgen gültig, zeitlos.

Unsere heutige Welt und die Konsumgesellschaft, die wir geschaffen haben, bieten wenig Orientierung und menschliche Werte. Wenn wir nicht aufpassen, führen sie uns ins Chaos und ins ökologische und humanitäre Verderben. Es ist also nicht weiter erstaunlich, dass immer mehr junge Leute sich darin unwohl fühlen und den Eindruck haben, ihren Platz in der Welt nicht zu finden.

Und falls dir das ein Trost ist: Ihr seid Tausende, die das Gleiche fühlen. Und Tausende von Menschen besitzen, individuell oder alle gemeinsam, die Macht, die Fundamente für die Welt von morgen zu legen.

Du bist mutig, Lila, und das Leben braucht mehr denn je Menschen, die Mut beweisen.

Omnia dicta fortiora si dicta latina: Ein Sprichwort wiegt mehr, wenn es auf Lateinisch gesagt wird.

Von nun an werden dir diese Maximen jedes Mal,

wenn dein Herz schwer wird, jedes Mal, wenn in deiner Umgebung Veränderungen geschehen, die dein Gleichgewicht gefährden, wieder Frieden, Freude und Gelassenheit zurückbringen. Lass sie uns nun gemeinsam entdecken.

AMOR FATI
Liebe dein Schicksal

In deinem Brief lehnst du dich dagegen auf, dass du deinem Weg folgen musst, weil etwas in dir dich antreibt, ohne Rücksicht auf Verluste voranzuschreiten, um nicht zu fallen. Du schreibst auch, du wärst gerne wie manche deiner Freunde, die unbekümmert durch das Leben gehen, ohne sich existenzielle Fragen zu stellen, und die deutlich glücklicher wirken als du. Wir sind alle verschieden, und manche kommen offenbar leichter durchs Leben als andere, die sich unter der Last der Existenz abmühen. Was also ist das Geheimnis derer, die scheinbar ohne Anstrengung und ohne Leiden auf dem Ozean des Lebens dahinsegeln? Eine mögliche Antwort darauf könnte in diesen beiden Worten liegen: *amor fati*. Sie bedeuten im Kern, dass man »Ja« zum Leben sagt, ein uneingeschränktes Ja zum Leben, zu allem, was es uns bietet, zu allem, was es uns in den Weg stellt, zum Guten wie zum weniger Guten. Sie ermutigen uns, ihm zu vertrauen, vor unserem Leid weder zu fliehen noch sich ihm zu verweigern, das Glück ebenso zu bejahen wie das Unglück, die Freude ebenso wie den Schmerz – denn alle Gegensätze sind Teil des Lebens. Sie fordern uns auf, uns ein gewisses Maß an Unbekümmertheit anzueignen.

Du schreibst mir, dass du dich nach der Lektüre Dutzender Werke über persönliche Entwicklung, Spiritualität oder Philosophie nicht besser gefühlt hast. Einige haben dir zwar vorübergehende Erleichterung verschafft, wenn du die Prinzipien und Ratschläge befolgt hast, aber der geringste Schlag, das kleinste Missgeschick brachte das Gebäude, an dem du gebaut hast, ins Wanken. Es ist in der Tat schwierig, immer in der Gegenwart zu leben, bedingungslos zu lieben, zu verzeihen, Lehren zu befolgen, die sich häufig widersprechen – dann gewinnt das »Nein« zum Leben mit seinem Gefolge von Negationen und Zweifeln unweigerlich die Oberhand. Und du fragst dich: »Wozu das Ganze?« – ich komme einfach nicht klar, genauso gut kann ich diese Suche, die nirgendwohin führt, beenden.

Du hättest womöglich anders reagiert, wenn du den Begriff *amor fati* gekannt hättest, und du hättest dann Folgendes festgestellt: »Weil ich genug vom Kämpfen habe, weil ich genug davon habe, unglücklich zu sein, mich lustlos durchs Leben zu schleppen, mich nie unbeschwert zu fühlen, beschließe ich, ›Stopp‹ zu sagen. Es reicht! Wenn ich so weitermache, steuere ich auf eine schwere Depression oder sogar Schlimmeres zu, also *amor fati!* Ich beschließe, von nun an dem Leben zu vertrauen, ›Ja‹ zu sagen zu allem, was mir begegnet, sogar eine vollkommen andere Richtung einzuschlagen, wenn das Leben mir das anbietet, und dann werden wir schon sehen, was passiert!«

Und dann beginnen die Dinge sich wirklich zum Besseren zu wenden. Manchmal schlagartig, manchmal Schritt für Schritt, aber die Dinge ändern sich. Das ist unvermeidlich. Manchmal wirkt es geradezu wie Zauberei.

Amor fati ist also das Abenteuer des großen »Ja!« zum Leben. Es ist der Beginn einer neuen Hoffnung, ein Versprechen, eine Wiedergeburt. Das große »Ja!« zum Leben ist nicht gleichzusetzen mit dem naiven »Ja«, das aus der Anwendung schlecht verstandener

Übungen zum positiven Denken resultiert, sondern ein weises und durchdachtes »Ja«. Es ist die bewusste Wahl einer Lebensphilosophie. Ich schlage vor, dass du es ausprobierst, damit du aus eigener Erfahrung feststellst, ob deine Situation sich verbessert, und zwar in allen Bereichen: Gesundheit, Beziehungen, soziales Leben, materielle Dinge, Verwirklichung von Projekten etc.

Amor fati bedeutet, »Ja« zu sagen zum Unbekannten, zum Mysterium, und die Dinge anzunehmen, weil das Leben nun mal geheimnisvoll ist. Es bedeutet, dass man nicht mehr um jeden Preis seinen Willen durchzusetzen versucht, denn Frieden oder Glück kann man nicht erlangen, indem man etwas erzwingt oder sich widersetzt. Der Wille kann vieles bewirken, aber er kann dennoch nicht alles. *Amor fati* bedeutet auch, sein Schicksal in die Hände der Vorsehung zu legen, wenn man glaubt, all seine Möglichkeiten ausgeschöpft zu haben. Es bedeutet, dem Universum zu vertrauen. Es bedeutet, dass man mit einer gewissen Unbekümmertheit annimmt, was sich uns anbietet. Es bedeutet, sich ein Beispiel an den Eltern jener Freundin zu nehmen, von der du mir erzählt hast, die ihr beigebracht haben, sich nie zu beklagen und sich dadurch so mancherlei Frustrationen zu ersparen.

Amor fati bedeutet, »Ja« zu sich selbst zu sagen – zu dem, was man ist, zu seinem Körper. Es bedeutet, sich bedingungslos zu akzeptieren, seinen Charakter, seine Vorzüge. Es meint aber auch, seine schlechten Seiten anzunehmen, seine Stärken und Schwächen und seine Grenzen, was uns in keinster Weise daran hindert, dass wir sie zu erweitern versuchen. Es bedeutet, »Ja« zur aktuellen Situation zu sagen, auch wenn manche Tage schwieriger sind als andere. Denn nichts anderes als meine eigenen Handlungen und Entscheidungen haben mich an den Punkt gebracht, an dem ich nun stehe. Und indem ich mir das vollkommen bewusst mache, kann ich die Dinge verändern. Die Situation, die ich in eben diesem Moment erlebe, ist, wie sie ist. Ich habe keine andere Wahl, als sie anzunehmen und zu akzeptieren, bevor ich sie verändern will. Sonst bin ich nicht mehr im »Ja«, stürze vielmehr ins »Nein«. Das heißt, dass ich mich dann dem, was ist, widersetze. Es ist wichtig, sich ohne Zensur oder Urteil die vergangenen Situationen bewusst zu machen, in denen man im Nein-Modus reagiert hat, und sich zu fragen, welche Entwicklung die Dinge genommen hätten, wenn man im »Ja« gewesen wäre. Diese objektive Analyse ermöglicht uns, eine Wiederholung der gleichen unproduktiven Verhaltensweisen zu vermeiden.

Amor fati heißt auch zu akzeptieren, dass die Dinge nicht perfekt sind. Die Tatsache anzuerkennen, dass unser Ideal noch nicht verwirklicht ist oder aufgrund der Beschränkungen, die unserer menschlichen Existenz innewohnen, einfach nicht realisierbar ist. Es bedeutet, die Welt, die Dinge und die Menschen nicht nach unseren Ansichten zu beurteilen. Im Grunde macht jeder das Beste aus dem, was er hat. Das Böse existiert, das Leid existiert, das ist eine Tatsache. Wie können wir also das bedingungslose Ja zum Leben in Einklang bringen mit dem Bösen, dem Leid, den Kriegen, mit Gewalt aller Art, mit Naturkatastrophen und anderen Tragödien? Das Unglück scheint überall zu sein, aber wir vergessen gern, dass auch das Glück überall ist.

Auf diesem Planeten leben mehr als sieben Milliarden Menschen, und unter all diesen Individuen wird es immer eine bestimmte Anzahl geben, die das Böse, die Dummheit, den Hass und die Gewalt verbreiten – auch wenn die Mehrheit sich nichts mehr wünscht, als in Frieden zu leben. Es wird immer Elend und Unglück geben. Fangen wir also an, uns selbst zu ändern, und als Reaktion darauf ändern sich vielleicht auch diejenigen ein wenig, die uns begegnen. Es hat immer Menschen gegeben, die das Niveau in allen Bereichen angehoben haben, und es wird sie immer geben; und es hat stets Menschen gegeben, die das Niveau der Menschheit gesenkt haben, und auch sie wird es immer geben. Also *amor fati*, liebe dein Schicksal. Sagen wir »Ja« zu dem, was ist, Gut oder Böse, Freud oder Leid, doch das darf uns nicht an dem Versuch hindern, alles, was möglich ist, anzustreben.

Amor fati meint außerdem, bei einem Verlust Mut zu beweisen: beim Verlust geliebter Menschen, beim Verlust von Besitztümern oder auch der Gesundheit. Der Tod ist ein wesentlicher Bestandteil des Lebens. Wir kommen später bei einer anderen Maxime darauf zurück. Es bedeutet auch, sich bewusst zu machen, dass es Dinge gibt, die in unserer Hand liegen, und andere, auf die wir keinerlei Einfluss haben und die wir akzeptieren müssen – wie schmerzlich sie auch sein mögen. Es bedeutet außerdem, zu verstehen, dass manche Ereignisse und Begegnungen reiner

Zufall zu sein scheinen und andere anscheinend mysteriöse Ursachen haben, die wir nicht begreifen können. Wir müssen lernen, die einen wie die anderen zu akzeptieren. »Ja« zum Leben sagen, ihm vertrauen und zugestehen, dass es uns überrascht, begünstigt das Auftreten von Synchronizitäten und glücklichen Zufällen.

Amor fati bedeutet auch, den anderen in seiner Andersartigkeit zu akzeptieren, ohne über ihn zu urteilen. Es bedeutet nicht, dass man sich von böswilligen Menschen vereinnahmen oder zerstören lässt, sondern dass man schlicht akzeptiert, dass sie existieren. Ihre Existenz zu bejahen bedeutet jedoch nicht, dass man *sie* bejaht. Wir dürfen nicht »Ja« sagen zu Betrügern, Lügnern, korrupten Politikern, Vergewaltigern, Mördern, Perversen und Sadisten. Diesen Leuten muss man ohne zu zögern »Nein!« entgegenrufen.

Wir dürfen uns auch nicht skrupellos ausbeuten lassen, nicht selbst gehässig werden angesichts des Hasses oder bösartig werden angesichts von Bösartigkeit. Wir müssen Intelligenz beweisen angesichts von Dummheit.

»Ja« zum Leben sagen bedeutet auch, seine Integrität zu bewahren. Und dass man weiß, dass man letztlich »Ja!« zum Leben sagt, indem man alles ablehnt, was das Leben verleugnet. Wir sollten nicht vergessen, dass das Nein zum Leben der Negativität der Welt nur noch mehr Negativität hinzufügt, der Angst noch mehr Angst, dem Hass noch mehr Hass, der Traurigkeit noch mehr Traurigkeit, der Wut noch mehr Wut und so weiter. Wir sind nicht hier, um den Wahnsinn der Welt zu mehren.

Während ich diesen Brief fortsetze, meine liebe Lila, sehe ich aus dem Fenster, wie der Regen durch die Bäume im Garten zu fallen beginnt. Wenn dieser Regen anhält, muss ich meine Pläne für den heutigen Tag ändern – genauer gesagt, den langen Familienspaziergang im Wald verschieben, den wir geplant hatten. Auch das bedeutet *amor fati:* Alles, was man nicht ändern kann, wie das Wetter, ohne zu klagen akzeptieren …

Zusammenfassend bedeutet *amor fati*, die augenblickliche Situation zu bejahen, die Dinge so zu akzeptieren, wie sie sind, bevor man sich entscheidet, sie zu verbessern oder sich von ihnen zu entfernen. Es bedeutet, die Tatsache zu akzeptieren, dass das Leben vielleicht unsere Pläne durchkreuzt und verändert, zum Guten wie zum Schlechten. Sich beklagen und kritisieren nützt nichts und ist kontraproduktiv. Noch einmal: Das Leben besteht aus Lachen und Weinen. Es ist unser gemeinsames menschliches Schicksal, sowohl Leid und Schmerz als auch Vergnügen und Freude zu erfahren. Wenn du also leidest, Lila, dann denk daran, dass die ganze Menschheit mit dir leidet. Bemühe dich zu lachen, wann immer du kannst, und weine ohne Scham an Tagen, an denen dir danach ist; lebe deine Freude und deinen Kummer intensiv aus.

Und schließlich: Sei dir dessen bewusst, dass man im Leben nur zwei Positionen einnehmen kann: Entweder man ist im »Ja« oder man ist im »Nein«. Stell dir in jedem Moment die Frage: Sage ich gerade »Ja« oder »Nein« zum Leben? Wenn du im »Nein« bist, bedeutet das, dass du das Leben, die Dinge, die Ereignisse blockierst und dass du deine Energie umsonst verausgabst. Wenn du im »Ja« bist, bedeutet das, dass du loslässt und den Dingen gestattest, einfach zu sein. Und glaub mir, du wirst dich viel besser fühlen.

Ich möchte dir die beiden folgenden Darstellungen zeigen, damit du dir den Begriff *amor fati* besser einprägen kannst: Die eine symbolisiert das »Ja«, die andere das »Nein«. Merke dir einfach: »Nein« ist ein geschlossenes, schweres, restriktives, unnachgiebiges Wort, das blockiert. Ich stelle es folgendermaßen dar:

»Ja« ist ein offenes, leichtes, einladendes, weiches Wort, das gibt und nimmt. Ich stelle es so dar:

Welches von beiden ist deiner Meinung nach das angenehmere, Lila?

Du musst außerdem wissen, dass wir in einem rätselhaften, unermesslichen Universum mit unerschöpflichen Möglichkeiten leben. Wenn du in Einklang mit dem Leben arbeitest, mit diesem fruchtbaren und schöpferischen Leben, das uns und alles, was uns umgibt, geschaffen hat und noch immer permanent weiter erschafft, dann wirst du fähig, Schritt für Schritt deine eigene Realität zu erschaffen. Du wirst sehen, dass deine Träume wie von Zauberhand Wirklichkeit werden.

MEMENTO MORI
Sei dir deiner Sterblichkeit bewusst

Du schreibst, dass du manchmal, wenn du am Tiefpunkt bist, das Gefühl hast, wie gelähmt zu sein. Du schaffst es nicht mehr, irgendetwas zu tun. Du hast nicht die geringste Energie, nichts reizt dich mehr. In solchen Momenten, sagst du, hast du keinen Mut mehr zu leben, aber du hast auch keinen Mut zu sterben. Ich stimme dir zu, dass das ein sehr unangenehmer und äußerst schmerzlicher Zustand ist. Aber erschrick bitte dennoch nicht vor dieser zweiten Maxime, sie ist nicht so dramatisch, wie man auf den ersten Blick meinen könnte! Ganz im Gegenteil, das wirst du gleich sehen.

Wir begeben uns hier auf unsicheres Terrain, denn die Leute wollen nicht, dass man über den Tod spricht, am wenigsten über ihren eigenen! Und dennoch ist womöglich nichts befreiender für uns, als wenn wir uns unsere Endlichkeit bewusst machen und die Tatsache, dass wir nur eine bestimmte Anzahl von Jahren erleben werden, voll und ganz akzeptieren. Oft denken wir an den Tod als etwas, das den anderen zustößt, und nur selten halten wir uns vor Augen, dass auch wir eines Tages nicht mehr da sein werden. Wir tendieren dazu, den Tod als eine Eventualität zu sehen. Es handelt sich jedoch nicht um eine bloße Eventualität, sondern um eine Gewissheit. Er ist das einzige, dessen wir auf Erden sicher sein können. Es spielt keine Rolle, ob wir damit einverstanden sind oder nicht. Der Tod kann uns jeden Moment ereilen. Wer kann uns garantieren, dass wir in einer Stunde, in einem Jahr, in zehn Jahren noch sein werden? Niemand, absolut niemand kann uns sagen, wann der Augenblick kommt, in dem wir diese Welt in Richtung eines unbekannten Bestimmungsortes verlassen müssen.

Während ich dir diese Worte schreibe, muss ich an einen vor einigen Jahren verstorbenen Freund denken. Ich erinnere mich, dass er schon in jungen Jahren seinen Ruhestand plante. Er stellte sich vor, wenn er in Rente ginge, wäre seine finanzielle Situation gesichert, er besäße ein großes Haus und ein oder zwei Wohnungen, seine Kinder wären versorgt, und dann könnte er endlich seinen großen Traum verwirklichen: mit seiner Frau eine Weltreise unternehmen. Doch zum Ruhestand kam es nicht und der große Traum wurde nie Wirklichkeit: Mein Freund starb ganz unerwartet, bevor er seine Pläne in die Tat umsetzen konnte. Ich fragte ihn oft: »Aber warum wartest du auf den Ruhestand, um deine Träume zu verwirklichen, du kannst sie jetzt schon wahrmachen, denn du weißt nicht, was die Zukunft für dich bereithält!« Und er antwortete mir mit den immer gleichen Worten: »Nein, ich kann dieses Risiko nicht eingehen, solange ich meine finanzielle Zukunft und die meiner Kinder nicht abgesichert habe.« Ich höre immer noch seine Stimme, als er sagte: »Ich kann dieses Risiko nicht eingehen ...« Jetzt liegt er auf dem Friedhof, dem einzigen Ort, wo man wirklich kein Risiko eingeht.

Memento mori fordert uns auf, unserem Tod ins Auge zu blicken, unsere Angst vor ihm zu bezähmen und ihn nicht mehr zu fürchten. Wie? Nun, zum Beispiel, indem wir uns vornehmen, so authentisch wie möglich zu leben, denn wir haben keine Zeit mehr, unser Leben zu vergeuden. Wir müssen ab sofort unsere eigenen Entscheidungen treffen, und weder die Gesellschaft noch andere Menschen müssen damit unbedingt einverstanden sein.

Memento mori lenkt mehr als alles andere unsere Aufmerksamkeit darauf, dass der Augenblick kostbar ist, weil er nicht ewig währt. Wir haben keine Ewigkeit vor uns, um unsere Träume zu verwirklichen, unser Potenzial zu entfalten, um zu lieben, zu lachen und zu leben! Die Zeit verschlingt uns unerbittlich, und all unsere Anstrengungen, sie anhalten zu wollen, sind vergeblich. Wir können uns nicht mehr erlauben, uns nur deshalb der allgemeinen Meinung anzuschließen, weil die Mehrheit sie vertritt. Wir müssen den Mut aufbringen, wir selbst zu sein und die Konsequenzen zu akzeptieren. *Esto quod es,* »sei, wer du bist«. Diese Entscheidungen sind vielleicht weder die unserer Familie noch die wohlmeinender Leute, die denken, besser als wir zu wissen, was gut für uns ist. Manchmal müssen wir Dinge im Alleingang erledigen und an uns und an das Leben glauben. Das ist der Preis dafür, damit wir auf unserem Totenbett, wenn wir die Bilanz unseres Lebens ziehen, nicht erkennen müssen, dass wir es vergeudet, dass wir es verfehlt haben. Das ist wirklich das Schlimmste, was einem Menschen geschehen kann.

Memento mori ruft uns also in Erinnerung, dass es beim großen Aufbruch keine Rückkehr gibt, um unsere Fehler zu korrigieren, und dass es dann zu spät ist, um bestimmte Dinge zu beklagen. Es ist zu spät, sich zu fragen: Was wäre passiert, wenn ich es gewagt hätte, mein Leben zu leben, anstatt anderen zu gefallen? Wenn ich es gewagt hätte, diese Person auf der Straße anzusprechen, die mir so gefiel und deren Gesicht ich noch Jahre später vor mir sehe? Wenn ich ein wenig mehr gearbeitet und Opfer auf mich genommen hätte, um meine Träume zu verwirklichen, anstatt in einer fruchtlosen Existenz mein Leben nur zu träumen? Wenn ich den Menschen, die ich geliebt habe, gesagt hätte, wie viel sie mir bedeuten, bevor sie im Schattenreich der Zeit verschwinden? Wenn ich, wenn ich, wenn ich ..., anstatt, anstatt, anstatt ...?

Memento mori wirkt wie ein Fausthieb, wie ein mächtiger Gong, der uns mit dem Holzhammer aus unserer Lethargie reißt. Ich werde sterben, du wirst sterben, wir alle werden sterben. Wir sind im großen Kreislauf von Leben und Tod gefangen. Verlieren wir keine Zeit mehr, warten wir nicht mehr auf dies oder jenes, bis wir zu leben beginnen, bis wir diese oder jene Person treffen. Nein, leben wir jetzt! Lebe jetzt, Lila!

Memento mori hält uns vor Augen, dass jeder, der uneingeschränkt akzeptiert hat, dass er oder sie eines Tages unweigerlich sterben wird, den Tod auch nicht mehr fürchtet. Und wer den Tod nicht mehr fürchtet, der fürchtet auch das Leben nicht. Er hat keine Angst mehr zu leben, kein Tyrann kann ihm Furcht einflößen. Er gehorcht von nun an einzig seinem moralischen Gewissen und fürchtet sich nicht mehr davor, für seine Ideen und Werte zu kämpfen, wenn es nötig ist. Sein kostbarstes Gut wird die Freiheit, das Recht auf seine eigene und das Recht auf Freiheit für jedes menschliche Wesen. Angesichts der Realität des Todes haben wir keine Zeit für Engstirnigkeit, für angestaute kleine Ressentiments, für sinnlose Konflikte, Klagen und Anschuldigungen oder Anfälle von Trübsinn und für all die Kleinigkeiten, die unser Leben zuweilen vergiften. All diese Nebensächlichkeiten erscheinen von nun an vollkommen lächerlich angesichts unserer Endlichkeit. Sie werden mit uns verschwinden und sehr schnell vergessen sein.

Memento mori fordert uns außerdem dazu auf, uns in Bescheidenheit und Selbstironie zu üben und uns nicht zu ernst zu nehmen. Schließlich sind wir letzten Endes nicht besonders wichtig in einem Universum, in dem unser Planet nur ein entlegenes Staubkorn inmitten der Galaxie ist.

Memento mori lehrt uns, die Dinge zu relativieren und den Griff unseres Egos zu lockern, denn unser kleines Ich ist bei Weitem nicht der Mittelpunkt der Welt. Sei vor allem authentisch dir selbst gegenüber, Lila, und in deinen Beziehungen zu anderen. Halte dir immer vor Augen, dass das, was du in genau diesem Moment tust, deine letzte Handlung auf Erden sein könnte: Verpfusche sie nicht. Vermeide es, mit wem auch immer Streit zu suchen. Das bringt nichts und du verschwendest nur deine Zeit damit. Stell dir vor, du hättest dich mit einem dir nahestehenden Menschen wegen Dingen, die letztlich nicht besonders wichtig sind, zerstritten und er stirbt plötzlich, bevor ihr euch wieder versöhnt habt. Wie würdest du dich dann fühlen? Ich bestimmt sehr schlecht und von Schuldgefühlen zerfressen. Lohnt sich das Spiel also wirklich? Nein, der Preis dafür ist viel zu hoch. Noch einmal, warten wir nicht, bis ein geliebter

Mensch stirbt, ohne ihm gesagt zu haben, wie positiv sein Leben das unsere beeinflusst hat und wie sehr wir ihm dafür dankbar sind, dass er in unserem Leben da war, und dafür, dass wir ein Stück des Weges gemeinsam gegangen sind.

Memento mori ist also ein perfektes Mittel, über den Tod und damit über das Leben nachzudenken, denn es wendet sich an den Gläubigen wie den Atheisten, ohne die Empfindlichkeiten des einen oder des anderen zu verletzen. Es wirkt wie ein mahnender Stich, der notwendig ist, damit wir uns wieder darauf besinnen, was in unseren Augen wirklich wichtig ist. Nimm eine Person, die an Gott glaubt: Sie wird auch an ein Leben nach dem Tod glauben, an ein Paradies. *Memento mori* wird die Person bei ihren täglichen Entscheidungen und Wahlmöglichkeiten an das richtige Verhalten erinnern, um ins Paradies zu kommen. Und dem Atheisten wird es bewusst machen, dass der Tod nicht mehr und nicht weniger als eine Rückkehr zum Zustand des Nichtseins vor unserer Geburt ist.

Memento mori steht für das Nichts, das Ende unserer Empfindungen. Es gibt folglich nichts zu fürchten, denn unser Bewusstsein wird erloschen sein wie in einem tiefen Schlaf oder einem Koma. So kann jeder an seinem letzten Bestimmungsort ankommen, einem Ort, an dem man zur Ruhe kommen kann, nachdem man die Prüfungen und Wechselfälle des Lebens überstanden hat.

Memento mori bedeutet folglich: Denk daran, dass das Leben kurz ist. Und denk daran, dass es flüchtig ist und dass gerade diese Flüchtigkeit das Leben so kostbar macht. Durch die Betrachtung unseres eigenen Todes relativieren wir alles andere, wir lernen, noch mehr zu lieben und das Leben und alles Lebendige zu respektieren. Diese Maxime lädt uns dazu ein, uns selbst nicht allzu ernst zu nehmen, unsere Wichtigkeit zu relativieren, denn vor der Macht des Todes ist das Ende für jeden Menschen gleich, egal ob er schwach oder mächtig, reich oder arm, schön oder hässlich, Heiliger oder Raubritter ist. Keiner wird dem Tod entgehen. Wir sind nur Gast auf dieser Erde. Wenn die Kriegstreiber dieser Welt sich diese Vorstellung zu eigen machen würden, würde auf der Erde endlich Frieden herrschen.

Koste das Leben also voll aus, Lila. Sei nicht schüchtern, sei nicht gehemmt, du hast keine Zeit dafür. Lass die Masken und die Verkleidungen fallen und lebe endlich wirklich!

CARPE DIEM
Nutze den Tag

Du schreibst mir auch, liebe Lila, dass es dir oft schwerfällt, mit dem Rhythmus der Welt Schritt zu halten, besonders, wenn du mitten in der Stadt bist. Du erzählst mir von all diesen geschäftigen Leuten, die Gott weiß wohin eilen, die kaum miteinander sprechen und deren Augen und Ohren wie gebannt auf ihr neuestes Technikspielzeug gerichtet sind. Ihr Leben ähnelt von Sonnenaufgang bis Sonnenuntergang einem unendlichen, kopflosen Rennen. Sie scheinen jeden Kontakt zu der Welt, in der sie sich bewegen, verloren zu haben. Sie sehen nicht mehr, was sich vor ihren Augen abspielt. Ihr Geist ist ununterbrochen beschäftigt: Entweder lassen sie sich ein ums andere Mal Ereignisse durch den Kopf gehen, auf die sie doch nicht den geringsten Einfluss

haben, oder sie verlieren sich in Zukunftsprojektio-
nen, die vielleicht wahr werden oder auch nicht, oder
sie bewegen sich in einer virtuellen Welt. Diese Leute
täten gut daran, den Leitspruch *carpe diem* in ihrem
Leben zu beherzigen, Lila.

Carpe diem bedeutet »pflücke den Tag, genieße
voll und ganz alles, was dieser Tag dir schenkt, nutze
ihn«. Bedauerlicherweise entstellen manche Menschen das Prinzip dieser Maxime und glauben, es
würde bedeuten: Genieße so viel, wie du nur kannst,
ohne dich darum zu scheren, was passieren kann,
ohne dich also um die Konsequenzen deiner Taten zu
kümmern. Das wäre ein Aufruf zum puren Egoismus,
doch damit hat es nichts zu tun. Oder vielmehr, es
wäre kein weiser Leitspruch, sondern ein Freibrief
für alle Arten von Exzessen. Man kann die Leute
nicht daran hindern, *carpe diem* so zu interpretieren,
und die Definition, die ich dir vorschlage, ist nichts
weiter als meine persönliche Interpretation. Aber ich
glaube, dass sie nützlich und positiv ist, und eben
diese Idee möchte ich nun genauer ausführen – in der
Hoffnung, dass sie für dich hilfreich ist.

Carpe diem lädt uns ein, das Leben zu genießen,
ohne in Melancholie zu versinken, die in der Vergan-

genheit wurzelt, und ohne Ängste in die Zukunft zu projizieren. Wie du bei deinen früheren Studien feststellen konntest, ist es nicht immer einfach, Prinzipien aus Büchern in der Realität anzuwenden. Sehr oft wird eine schöne Theorie präsentiert und ein Gedankengebäude errichtet, aber nur selten wird es in die Praxis umgesetzt. Unter diesen Konzepten kommt die Idee, im Hier und Jetzt zu leben, dem *carpe diem* sehr nahe.

Ich fordere keine übermenschlichen Anstrengungen von dir – das ist weder mein Ziel noch meine Aufgabe –, aber ich möchte dir nahelegen, dir deiner Taten und Gesten und deiner Umwelt bewusster zu werden. Vielleicht sitzt du im Augenblick gemütlich in einem Sessel oder auf deinem Bett, während du diesen Brief liest. Vergiss jetzt einmal diese Korrespondenz ein wenig und konzentriere dich auf die Wahrnehmungen, die du in diesem Moment empfindest: auf das weiche Bett oder das Sofa, auf die Dinge, die dich umgeben, auf die Töne, die von außen hereindringen. Versuch ein paar Minuten lang, nichts anderes zu tun als zu sein, deinen Atem zu spüren, die Luft, die du ein- und ausatmest, das Leben, das in dir fließt. Ich hätte gerne, dass du dich in

41

diesem Augenblick einfach lebendig fühlst. Bemühe dich, alles bewusster zu spüren als für gewöhnlich. Komm ein paar Minuten zur Ruhe und freue dich darüber, dass du bist und existierst. Du hast nicht den geringsten Grund, dich von Stress oder Sorgen überwältigen zu lassen. Sie kommen vielleicht später wieder, aber jetzt sind sie nutzlos und du brauchst sie nicht an dich heranzulassen. Konzentriere dich auf deinen Körper und auf die Empfindungen, die er dir mitteilt. Nimm, sobald du kannst, wieder Kontakt zur Natur auf. Geh barfuß im Gras, tauche ins Meer, schwimme im Fluss, strecke dich auf dem Sand aus und betrachte den Himmel. Pflücke die Früchte vom Baum, lass dir das frische Gemüse aus dem Garten schmecken, spüre die tiefe Verbundenheit, die die Menschen zur natürlichen Welt, zum Himmel und zum Kosmos haben.

Wenn du mit der Masse dieser Städter in Berührung kommst, die kopflos durch die Gegend rennen, halte dich von ihrem Rhythmus fern. Beobachte sie, ohne über sie zu urteilen oder sie zu kritisieren. Sie sind, wie sie sind. Denke dir, dass du Zeuge eines Schauspiels wirst, des Schauspiels des Lebens, und begegne diesem Schauspiel mit der gleichen Wertschätzung, die du einem guten Film, einem Theaterstück oder einem tollen Buch entgegenbringst. Du wirst im Übrigen schnell feststellen, dass das Schauspiel des Lebens weitaus fesselnder und überraschender ist als eine Fiktion, wenn du das, was sich vor deinen Augen abspielt, richtig zu lesen verstehst.

Lass dir Zeit, wenn du kannst, und beeile dich, wenn es nötig ist – das ist alles. Übernimm auch keine Verpflichtungen, von denen du weißt, dass du sie nicht erfüllen kannst. *Carpe diem*, folge deinem eigenen Rhythmus, lebe, denn nichts ist so wichtig wie das Leben.

Carpe diem ist auch eine Aufforderung, die einfachen Freuden des Daseins zu genießen. Sei wie die Blume, die sich der Sonne, dem Wind und dem Regen öffnet, die bedingungslos und rückhaltlos gibt und die Gaben der Natur empfängt. Genieße die Jahreszeiten mit ihrer charakteristischen Abfolge, genieße die Wärme des Sommers ebenso wie die Kälte des Winters, genieße einfach die Tatsache, dass du jetzt lebendig bist, weder gestern noch morgen, sondern in genau diesem Moment. Genieße die Freuden, die das Leben dir bietet, feiere die Liebe und die Freundschaft, feiere die Bäume, die Blumen, die Vögel, den

Himmel und die Wolken, feiere das Glas mit frischem Wasser, das durch deine Kehle strömt, und die süßen Früchte in deinem Mund. Staune über die Schönheit der Natur, der Wälder, der grünen Täler, der schneebedeckten Gipfel, der Seen mit ihrem klaren Wasser, der Meere, der Wüsten, des sternenübersäten Himmels; staune über das unendliche Universum und das Mysterium des Lebens.

Carpe diem bedeutet, all die kleinen Glücksmomente auszukosten, sich ihrer bewusst zu sein und sie zu intensivieren, um sie noch besser zu genießen. Es bedeutet, sich lebendig zu fühlen, das Leben zu spüren, das in uns und um uns herum fließt. Es bedeutet, den Augenblick in all seiner Intensität auszukosten.

Morgen ist ein anderer Tag. Denken wir jetzt nicht daran. Es bleibt Zeit genug, daran zu denken, wenn es soweit ist.

Ich greife nun wieder zum Stift, nachdem ich mir eine kleine Pause gegönnt habe. Ich habe Holzscheite im Kamin nachgelegt. Ich saß bequem auf meinem Samtsessel und verharrte so einige Augenblicke bewegungslos, lauschte dem Feuer, das im Kamin knisterte, und dem Regen, der ans Fenster prasselte. In kleinen Schlucken trank ich aus der dampfenden Tasse Kaffee in meiner Hand, um seinen Geschmack voll auszukosten. In diesem Augenblick fühlte ich mich glücklich, am Leben zu sein, glücklich, diese einfachen Freuden auszukosten, und ich ermaß die volle Bedeutung von *carpe diem.*

Nun wollen wir uns wieder diesem Brief zuwenden.

Carpe diem bedeutet auch, diesen Tag zu nutzen. Nutze ihn, um deinen Träumen näherzukommen, um einen Stein zu setzen, selbst einen sehr kleinen, der dich jedoch Schritt für Schritt der ersehnten Verwirklichung deiner Träume näherbringt. Kein Moment ist günstiger als der gegenwärtige, um auf das hinzuarbeiten, was dir am Herzen liegt. Also nutze diesen Tag, um zu lieben, Schönheit und Freude um dich herum zu erschaffen, um zu lachen, deinen Körper zu bewegen, deine Talente zu fördern, um dein Leben zu bereichern und auf allen Ebenen zu verschönern.

Noch einmal: Die Zukunft kommt immer noch früh genug und nur selten so, wie du sie dir vorgestellt hast. Wenn du dich wirklich bemühst, den gegenwärtigen Tag zu nutzen, wird dir die Zukunft wie ein Geschenk vorkommen. Säe heute die guten Samen, gieße sie, hege und pflege sie, und eines Tages wirst du fantastische Früchte ernten. Mach dir diese Devise ab sofort zu eigen, Lila: *carpe diem!*

Die drei lateinischen Maximen, die ich dir bisher vorgestellt habe, *amor fati, memento mori* und *carpe diem,* sind meiner Ansicht nach die wichtigsten. Lass sie auf dich wirken, setze sie in die Praxis um, prüfe sie in der Feuertaufe des Lebens, und ich bin sicher, dass du einen ungeheuren Nutzen daraus ziehen wirst.

Ich werde dir nun einige weitere Sinnsprüche vorstellen, die die drei vorhergehenden ergänzen. Die ersten drei bilden die Grundlagen und den Rahmen, in dem die folgenden ihren Platz finden. Auch die letzteren werden dir Antworten auf die Fragen liefern, die du in deinem Brief gestellt hast.

NON OMNIA POSSUMUS OMNES
Wir können nicht alle alles

In deinem Brief schilderst du mir, welche Frustration du manchmal anderen gegenüber empfindest. Sie erscheinen dir mehr dies oder das als du. Sie haben eine Arbeit, die sie begeistert, sie sammeln Erfolge und Ansehen, sie führen erfüllte und leidenschaftliche Liebesbeziehungen – kurzum, sie haben deiner Meinung nach ein viel aufregenderes Leben als du.

Bevor ich diese Maxime genauer ausführe, möchte ich, dass du Folgendes bedenkst: Der Anschein, den sich die anderen geben, bedeutet nicht unbedingt, dass sie glücklich sind. Es gibt Leben, die nach außen armselig erscheinen, in Wirklichkeit aber sehr glücklich sind, und Leben, die nach außen erfolgreich scheinen, in Wahrheit aber ziemlich kläglich sind. Es ist schwierig, zu wissen, was wirklich hinter den Mauern, hinter der Fassade passiert. Mein erster Rat an dich lautet daher: Höre auf, dich mit anderen zu vergleichen. Es wird sowieso immer Leute geben, die »besser« sind als du, und andere, die »schlechter« sind. Was die anderen sind oder machen, spielt keine Rolle. Du solltest nicht versuchen, ihnen nachzueifern. Mein zweiter Rat lautet: Denk über diese neue Maxime, *non omnia possumus omnes,* nach. Wir können nicht alle alles.

Wir alle werden mit Fähigkeiten und Talenten geboren, die sich von denen anderer unterscheiden. Menschen sind keine Roboter aus Serienfabrikation und sie sind nicht alle gleich. Wir besitzen zwar die gleichen biologischen Merkmale, aber trotzdem sind wir in erster Linie eigenständige Individuen. Wir sind einzigartig! Das musst du dir wirklich vergegenwärtigen, Lila, es gibt keinen anderen Menschen auf der Welt, der dir gleicht!

In einer Gesellschaft ist es notwendig, dass Menschen mit unterschiedlichen Talenten zusammenleben. Sie braucht Ärzte ebenso wie Bauern, Maurer, Architekten, Bäcker, Kaufleute, Fischer, Lehrer, Mechaniker, Ingenieure und so weiter. Die Liste der Aufgaben, die erledigt werden müssen, ist endlos. Akzeptieren wir also, dass wir Teil eines Ganzen sind, und machen wir das Beste aus dem, wozu wir geschaffen sind, wenn wir schon kein berühmter und verehrter Künstler werden können. Niemand ist besser oder schlechter, auch wenn der soziale Status in unserer Gesellschaft noch beherrschend ist. Warum sollte ein Banker, der ein Vermögen verdient, oder eine Berühmtheit im Rampenlicht mehr wert sein als der Handwerker, der ihre Schuhe macht, oder der Schneider, der ihre schöne Kleidung schneidert, der Bäcker, der ihr frisches Brot bäckt, die Putzfrau, die ihr luxuriöses Haus reinigt und der Maurer, der es gebaut hat? Denk darüber nach, Lila. Wie könnten diese Leute sich anziehen, ernähren und wohnen ohne die Menschen, die zu ihrem Komfort beitragen?

Du siehst, man muss sich überhaupt nicht schämen, das zu sein, was man ist. Seien wir also nie auf den anderen neidisch, das ist vollkommen überflüssig. Lasst uns unseren Weg finden – das, wozu wir geschaffen sind. Und lasst uns glücklich sein.

Merke dir diese Maxime gut, Lila: *non omnia possumus omnes*, wir können nicht alle alles.

NULLA TENACI INVIA EST VIA
Für den Beharrlichen ist
jeder Weg passierbar

Noch eine schöne Maxime, Lila. Auch wenn sie auf den ersten Blick der vorhergehenden zu widersprechen scheint, ergänzen sie einander tatsächlich, wie du später verstehen wirst.

Du hast mir geschrieben, dass du dir manchmal klein und schwach vorkommst im Vergleich zu den Träumen, die du gerne verwirklichen würdest. Sie scheinen außerhalb deiner Reichweite zu liegen, sie sind so groß und unverhältnismäßig in deinen Augen, oder so verrückt, dass du schon aufgibst, bevor du überhaupt versucht hast, sie zu realisieren. Es gibt natürlich deine persönlichen Träume, die dir allein gehören. Und es gibt deine Träume für die Welt, die du dir besser, friedlicher und glücklicher wünschst. Du bist empfänglich für das Unglück der anderen, und Ungerechtigkeiten, Kriege und Dummheit empören dich. Das alles macht dich manchmal sehr traurig.

Der Mensch ist zum Besten wie zum Schlimmsten fähig. Seine Kreativität ist grenzenlos, im Guten wie im Bösen. *Nulla tenaci invia est via* lehrt uns Folgendes: Wir können Großes vollbringen, wenn wir genug an unser Projekt glauben und Hindernissen mit Kreativität begegnen.

Wirf einmal einen Blick um dich herum überall dorthin, wo Menschen Meisterwerke geschaffen haben. Sieh dir beispielsweise eine mittelalterliche Burg an oder eine Kathedrale. Ihr Bau dauerte meist mehrere Jahrzehnte. Die damaligen Baumeister verfügten nicht über unsere modernen Maschinen. Aber sie hatten ein Ziel und sie arbeiteten unermüdlich an seiner Verwirklichung. Sie bewiesen unerschütterlichen Mut, unbeugsamen Glauben und absolut außergewöhnliche Kreativität, um alle Hindernisse zu überwinden und am Ende Meisterwerke zu schaffen, die noch heute, Jahrhunderte später, existieren. Die Entschlossenheit dieser Baumeister sollte dir eine Quelle der Inspiration und der Begeisterung sein. Ich glaube nicht, dass du eine Kathedrale errichten möchtest, aber denk an das, was diese Menschen zu erschaffen vermochten, und es wird dir leichterfallen, die Schwierigkeiten, denen du auf dem Weg deiner Träume begegnest, zu relativieren. Glaubst du nicht auch?

Nulla tenaci invia est via. Wenn man den Menschen der Antike oder des Mittelalters gesagt hätte, dass es eines Tages Flugzeuge geben würde, die innerhalb weniger Stunden riesige Entfernungen zurücklegen können, dass es möglich sein würde, mithilfe des Telefons oder des Internets über große Entfernungen hinweg zu kommunizieren, dass man zum Mond fliegen könnte, dass durch die Beherrschung der Elektrizität alle Wunderwerke unseres modernen Lebens wahr werden würden, wie glaubst du, hätten sie reagiert? Und dabei wurden all diese Dinge nur deshalb wahr, weil Menschen verrückt genug waren, daran zu glauben.

Jedes Mal, wenn der Mensch an seine Grenzen stieß, war er fähig, Mittel und Wege zu finden, um sie zu überwinden. Er wollte wie der Vogel sein, also lernte er, durch die Lüfte zu fliegen; er wollte wie der Fisch sein, also lernte er, in die Tiefen des Ozeans zu tauchen; er wollte wie der Maulwurf sein, also grub er

Tunnel zum Mittelpunkt der Erde; er wollte schnell wie der Gepard sein, also baute er immer schnellere Fahrzeuge. *Citius, altius, fortius* – das heißt: schneller, höher, stärker!

Als menschliches Wesen verfügst du über ungeahnte Möglichkeiten und eine grenzenlose Kreativität, um deine Träume zu verwirklichen, Lila. Denk an all das, was die Menschen im Laufe der Geschichte vollbracht haben. Staune über all die Kreationen, die man täglich sieht, ohne sie wirklich zu sehen. Mach dir bewusst, wie viel Arbeit nötig war und wie viele Hindernisse und Prüfungen überwunden werden mussten, bevor aus ihrer Vision Wirklichkeit werden konnte. Ist das nicht außergewöhnlich und inspirierend?

Ein altes Sprichwort erinnert uns daran, dass eine Reise von tausend Meilen mit einem einzelnen Schritt beginnt. Welchen Schritt kannst du jetzt sofort machen, um die Reise deiner Träume anzutreten, Lila? *Nulla tenaci invia est via*, für den Beharrlichen ist jeder Weg passierbar. Denk über diese Maxime nach, wenn du an deinem Weg zweifelst. Und erinnere dich an die Erbauer der Kathedralen. Es ist Zeit, deinen Träumen entgegenzufliegen! Jetzt!

O HOMINES AD SERVITUTEM PARATOS

O Menschen, die ihr zu jeder Sklaverei bereit seid!

Du schreibst mir, Lila, dass du oft eine Distanz zu deinen Mitmenschen spürst. Sie kommen dir vor wie eine Herde, die den Befehlen eines Hirten folgt. Und dieser Hirte nimmt vielerlei Gestalten an: die Medien, die Mode, der neueste Trend, die Politiker, die »Experten« jeglicher Art, die staatlichen oder religiösen Autoritäten, die Familie, die Schule, die Ärzte und so fort. Es ist eine wohlbekannte Tatsache, dass die große Mehrheit der Leute die Verantwortung für ihr Leben äußeren Autoritäten anvertraut. Es freut mich, dass du diesen Aspekt sehr scharfsichtig beurteilst. Es ist an der Zeit, dass die Menschheit erwacht, und es ist an der Zeit, dass jeder Einzelne die Verantwortung für sein eigenes Leben einfordert.

O homines ad servitutem paratos fordert uns auf, uns von den oft unbewussten Ketten zu befreien, die wir selbst geschmiedet haben. Wir sind alle auf unterschiedlichen Ebenen Sklaven, aber wir wissen es nicht. Der Mensch wird frei geboren – und es ist seine Pflicht, diese Freiheit zu bewahren und sich nicht von einem System oder einer Gesellschaft vereinnahmen zu lassen, deren Werte er nicht teilt. Sich aus seiner Sklaverei befreien bedeutet, dass man es schafft, nicht mehr blind und passiv der Herde oder denen, die sie führen, zu folgen, dass man lernt, selbstständig zu denken, dass man lernt, den eigenen Wahrnehmungen und den tiefsten Empfindungen wieder zu vertrauen, dass man den Mut hat, einen anderen Weg einzuschlagen, den eigenen Weg und nicht mehr den vom Kollektiv diktierten. Ich räume ein, dass das nicht einfach ist und dass es weitaus bequemer ist, sich vom Hirten führen zu lassen.

Die ganze Geschichte hindurch haben Menschen Schritt für Schritt Tyrannen gestürzt, oft allerdings nur, um den Thron einem neuen, weniger augenscheinlichen Despoten zu überlassen. In der Vergangenheit waren es oft die Religionen, die Völker unter Missachtung der Menschenwürde mit ihrem diktatorischen Regime überzogen. Ihre Vertreter zwangen die Menschen, ihr Haupt vor ihrem Gott zu beugen, und jedem, der sich weigerte, sich ihren Geboten zu unterwerfen, drohte der ewige Zorn der Gottheit, sofern er nicht einfach umgebracht wurde. Diese Religionsvertreter haben der Menschheit viel Leid zugefügt, indem sie das Göttliche für ihre eigenen Zwecke instrumentalisierten. Bis zum heutigen Tag gehorchen viele Menschen gefährlichen religiösen Vorschriften und benutzen sie als Vorwand, um anderen zu schaden. Was für ein armer Gott ist das, der eigentlich als fürsorglich und allmächtig dargestellt wird, von seinen eigenen Jüngern jedoch auf das Niveau einer launischen, überempfindlichen, cholerischen, tyrannischen und eifersüchtigen Kreatur herabgewürdigt wird!

Auch wenn sich in manchen Ländern noch Despoten an der Macht halten, haben anderswo im Allgemeinen neue Herrscher die alten ersetzt. Die totalitären Systeme wie das Naziregime, der Faschismus oder der Kommunismus sind gefallen, aber an ihre Stelle traten der Kapitalismus und der Ultraliberalismus. Die neuen Herren heißen internationale Finanzwirtschaft, Gesetz des Marktes, multinationale Unternehmen, Konsumgesellschaft, Dollar, Politiker, die sich oft mehr für Geld und Macht interessieren als für das öffentliche Wohl, verblödende Medien im Dienste der Profitideologie, mächtige Lobbys, die im Hintergrund die Fäden ziehen, das neueste Technikspielzeug und so weiter.

O homines ad servitutem paratos, wie viele haben sich außerdem zerstörerischen Herren wie Drogen, Alkohol, Rauchen, Spiel-, Macht- oder Sexsucht, dem Reiz des Gewinns, selbstzerstörerischen Leidenschaften oder zweifelhaften Gurus unterworfen? Es gibt Knechtschaften, deren Ketten besonders schwer zu zerbrechen sind.

Und es gibt noch einen anderen heimtückischen und schweigsamen Herren, der die Menschheit beherrscht: die Angst. Die Angst, etwas nicht gut zu machen, die Angst, etwas nicht zu schaffen, die Angst zu leiden, die Angst vor der Meinung anderer, die Angst vor dem Fremden, die Angst vor der Krankheit, die Angst vor einem Unfall, die Angst zu verlieren, die Angst vor dem Unbekannten, die Angst vor dem Tod – die Liste der Ängste, unter denen die Menschen leiden können, ist endlos.

Ich denke, du hast verstanden, dass ich dir durch die Vorstellung dieser Weisheiten helfen will, deine

Ängste zu besiegen und dich von ihnen zu befreien. Es wäre gut, wenn du, ohne zu streng mit dir ins Gericht zu gehen, eine Liste all deiner Ängste erstellen würdest, damit du sie der Reihe nach angehen kannst.

Die Maxime *O homines ad servitutem paratos* lädt uns also dazu ein, über folgende Frage nachzudenken: Was ist heute ein freier Mensch? Sie lädt uns auch dazu ein, uns diese zentrale Frage zu stellen, auf die jeder seine eigene Antwort finden muss: Welchem Herren diene ich gerade? Mein Rat lautet, Kontakt aufzunehmen zu Menschen, die deine Ansichten dazu teilen, Lila. Es ist schwierig, die Dinge allein zu verändern, aber je mehr Individuen an dieser Befreiung arbeiten, desto mehr steigt die Chance, dass diese Versklavung, die nicht als solche benannt wird, schwindet. Es ist in der Tat sehr leicht, von diesem Zustand abhängig zu werden, denn diese Versklavung ist in vielerlei Hinsicht bequem. Deshalb ist es unumgänglich, wachsam zu sein, um eine Abhängigkeit nicht durch eine andere zu ersetzen.

Denk daran, Lila, *o homines ad servitutem paratos,* welchem Herren gehorche ich gerade?

MEMENTO AUDERE SEMPER
Denk daran, immer mutig zu sein

Du klagst darüber, dass du dich nicht immer genügend behauptest oder nicht immer fähig bist, Risiken einzugehen, um Veränderungen in deinem Leben in Gang zu setzen. Das Leben besteht jedoch aus lauter Risiken, und das gravierendste davon ist eben, dass man sein Leben verpasst. Darin liegt die ganze Tragik unserer Existenz. Wenn wir nicht Gefahr laufen wollen, es zu verpassen, dann müssen wir eben … Risiken eingehen.

Wer Risiko sagt, meint auch den Mut, es einzugehen. Daran erinnert uns die Maxime *memento audere semper,* beweise immer Mut, denn Mut ist vielleicht die höchste Tugend. Das Leben an und für sich hat keinen Sinn. Es hat nur den Sinn, den wir ihm geben. Und weil dieser Sinn zwangsläufig nicht für alle gleich ist, kannst und musst du selbst wählen, welchen du ihm geben willst. Dazu brauchst du Mut: den Mut, schwierige Entscheidungen zu fällen, den Mut, du selbst zu sein, den Mut, das zu tun, was du für dich und für die anderen für richtig hältst; den Mut, trotz Schmerzen, trotz Verlusten, trotz der Wechselfälle des Lebens, trotz Frustrationen und Verrat zu leben; den Mut, das Gerede zu ignorieren, die Schwächsten gegenüber allen Gegnern, die sich dir entgegenstellen, zum Trotz zu schützen und zu verteidigen. Den Mut, einfach dein Leben zu leben und deinen eigenen Weg zu gehen: *esto quod es,* sei, wer du bist.

Von Kindesbeinen an wurde uns eingetrichtert, nach Sicherheit zu streben. Mach das nicht, weil es gefährlich sein könnte, mach jenes nicht, weil du dir wehtun könntest oder weil es sich nicht gehört. Das alles ist höchst löblich, und es ist normal, dass wir versuchen, es uns so gut wie möglich gehen zu lassen und so wenig wie möglich zu leiden. In der Folge jedoch haben wir, zumindest die meisten von uns, die Freude am Risiko, am Abenteuer, am Unbekannten verloren. Wir haben uns unbewusst dem Blick der Gesellschaft unterworfen, dem Blick der anderen, und wir trauen uns nicht mehr, Risiken einzugehen.

Denn wer Risiken eingeht, ist oftmals isoliert und unverstanden, er wird von denen beneidet, die seinem Beispiel gerne folgen würden, es aber nicht wagen.

Memento audere semper, trau dich! Sich trauen bedeutet, wie eine offene Hand im Leben vorwärts zu gehen, im Gegensatz zu dem, der sich nicht von der Stelle rührt und sich mit geballter Faust an seinen Gewissheiten und seiner Sicherheit festklammert. Im Übrigen gibt es keine absolute Sicherheit, das ist nur ein Köder. All die schönen Schranken, die wir geduldig um uns errichtet haben, kann ein unerwarteter Windstoß hinwegfegen. Die Bank, auf der unsere Ersparnisse liegen, kann ohne Vorankündigung bei einer Währungskrise zusammenbrechen und mitsamt unserem kostbaren Geld verschwinden. Der Mensch, den wir lieben, kann uns ohne ein Wort und ohne Vorwarnung verlassen, um anderswo ein neues Leben zu beginnen. Der Freund, den wir für zuverlässig hielten, kann uns verraten; unsere sorgsam gepflegte Gesundheit kann uns überraschend im Stich lassen. Nichts ist gewiss auf dieser Welt, nichts ist garantiert.

Die offene Hand ist die, die gibt und empfängt. Sie sagt »Ja« zum Leben und zu seinen Überraschungen, sie vertraut (*amor fati*), sie fürchtet sich nicht vor dem Tod, im Gegensatz zu denen, die nicht zu leben wagen (*memento mori*), und schließlich versteht sie es, das Leben intensiv und auf gesunde Weise zu genießen (*carpe diem*). Die offene Hand gibt und verschreibt sich einer Sache und akzeptiert dabei, dass sie unverstanden, verraten, zurückgewiesen, gebissen oder abgeschnitten werden kann. Aber diese Risiken sind unvermeidlich für sie, um das Beste, das Schönste, das Seltenste, das Intensivste vom Leben zu bekommen und ihre Träume verwirklichen zu können. Es ist undenkbar für sie, bewegungslos, engstirnig und verschlossen zu sein, vielleicht gegen den Wind, die Kälte und die Aggressionen, aber auch verschlossen für die Sonne, die Freude und die Wärme. Die Maxime *memento audere semper* fordert uns also dazu auf, wie eine offene Hand im Leben zu stehen. Natürlich profitieren wir dann nicht mehr vom Schutz der geballten Faust, zugleich aber ermöglicht uns diese Öffnung, intensiver zu leben. Sie bedeutet gleichzeitig eine verletzlichere Position, die jedoch reichere Erfahrungen ermöglicht – ob gute oder schlechte, spielt dabei keine große Rolle, denn was zählt, ist die Intensität des Lebens, die mehr bedeutet als alles andere.

Memento audere semper, denk daran, immer mutig zu sein. Was kannst du schon verlieren, wenn du den Menschen ansprichst, der dir gefällt? Er wird positiv auf deinen Schritt reagieren oder gar nicht – was hat das letzten Endes schon für eine Bedeutung angesichts der Grenzenlosigkeit des Universums? Die Erde hört deswegen nicht auf, sich zu drehen. Was kannst du schon verlieren, wenn du das Wort ergreifst, um deine Ideen publik zu machen oder eine Person oder ein Projekt zu verteidigen? Was kannst du schon verlieren, wenn du einen anderen Weg einschlägst oder einen anderen Lebensstil wählst?

Der Blick der anderen betrifft die anderen, nicht dich. Und diejenigen, die sich normkonform verhalten, sind ohnehin oft frustriert und Gefangene ihrer Ängste. Sie lachen vielleicht über dich, sie machen sich vielleicht über dich lustig, na und? Die Leute bewundern zwar gern die, die sich auf der Leinwand in Gefahr bringen, sie verunglimpfen aber gern diejenigen, die das im echten Leben tun. Es wird immer Menschen geben, die neidisch sind auf jene, die das in die Tat umsetzen, was sie selbst gern machen würden, aber aus diversen Gründen nicht tun. Sie gleichen der geballten Faust, die alles festhält, die sich dem Leben verschließt, im Gegensatz zur geöffneten Hand, die entspannter ist, die empfängt, was gegeben wird, und handelt, ohne zu erstarren. Du wirst also oft von all denen nicht verstanden werden, die selbst keinen Mut beweisen, aber du wirst dir selbst deine beste Freundin, wenn du deine eigenen Entscheidungen triffst. Du wirst stärker und unabhängiger werden, und du wirst dich dem Druck und den Forderungen von außen weniger beugen.

Ich möchte dich nun gerne mit einigen Personen bekannt machen, die an einem bestimmten Punkt ihres Lebens beschlossen haben, die Maxime *memento audere semper* zu beherzigen. Sie waren ganz normale Menschen, bis zu dem Tag, an dem sie außergewöhnlichen Mut zeigten. Sie gehören zum Pantheon all derer, die für die Freiheit gekämpft und unsere Welt vorangebracht haben. Daran erkennst du die Macht von *memento audere semper!*

Der Name Rosa Parks ist dir vielleicht unbekannt, und doch hat diese Frau ein Land dazu gezwungen, seine Rassengesetze abzuschaffen. Am 1. Dezember 1955 weigerte sich diese junge Schwarze in den USA, ihren Sitzplatz im Bus für einen Weißen freizumachen. Sie wurde von der Polizei verhaftet und zu einer Geldbuße verurteilt. Sie legte Berufung gegen diese Entscheidung ein und initiierte mit dem Pastor Martin Luther King den Kampf gegen die Rassentrennung und die Bürgerrechtsbewegung. Rosa Parks, eine normale Bürgerin, die sich eines Tages gegen die Ungerechtigkeit wehrte und den Lauf der Geschichte veränderte.

Erinnere dich an Mahatma Gandhi, um den sich Millionen von Menschen zusammenschlossen, der das britische Empire ins Wanken brachte und Indien die Wiedererlangung seiner Unabhängigkeit ermöglichte. Er verbrachte sechs Jahre seines Lebens im Gefängnis. Nelson Mandela wiederum saß siebenundzwanzig Jahre hinter Gittern, bevor er die entscheidende Rolle bei der Gründung einer neuen Demokratie spielte, die die Apartheit beendete.

Du siehst, Lila, du wirst zu allen Zeiten Individuen finden, die den Lauf der Geschichte verändert haben. Manche sind im Gedächtnis geblieben, viele blieben anonym, aber sie alle hatten Ideen und Überzeugungen, für die sie ihre Freiheit oder ihr Leben riskierten. Menschen, die solche Risiken eingegangen sind, sollten jeden von uns inspirieren. Worauf wartest du also noch, um Mut und Kühnheit zu beweisen und deine Träume zu verwirklichen? Was hast du schon Wichtiges zu verlieren? Lass dich von diesen Menschen inspirieren, Lila, dann wirst du die Schwierigkeiten und Risiken auf deinem eigenen Weg relativieren. Zögere nicht länger, *memento audere semper!*

PER ASPERA AD ASTRA
Über raue Pfade
zu den leuchtenden Sternen

Noch eine schöne Maxime, Lila, ein sehr poetisches Bild, das uns daran erinnert, dass der Weg zu unseren Träumen oftmals mit Prüfungen, Kämpfen und Schwierigkeiten übersät ist. Es ermahnt uns auch, dass wir Arbeit investieren müssen und dass die Aufgabe manchmal länger und mühseliger ist, bis wir sie vollendet haben und unseren Stern erreichen.

Du wirst erkennen, dass es eine offensichtliche Verbindung zur vorhergehenden Maxime *memento audere semper* gibt, denn wer nicht den Mut hat, seinen Träumen zu folgen, wird nicht sehr weit kommen.

Du sagst mir, dass du gerne Bücher schreiben würdest, dass du Dinge zu sagen und mit einem Publikum zu teilen hast – so wie die Schriftsteller, die du bewunderst. Ich kann dich nur dazu ermutigen, diesen Weg zu beschreiten, wenn du das Gefühl hast, dass es deiner ist, aber denk daran, dass es einfacher ist, ein Buch zu lesen, als eines zu schreiben! Du wirst lange Stunden der Einsamkeit vor einem weißen Blatt Papier verbringen, viele Fehler und viele Versuche machen, bis du das richtige Thema findest und dann deinen eigenen Stil, das treffende Wort, den richtigen Satz, um die Leser bis zum Ende zu fesseln. Aber wie groß werden deine Zufriedenheit, deine Freude und dein Stolz sein, wenn du das letzte Wort auf der letzten Seite niedergeschrieben hast!

Per aspera ad astra, alle kreativen Menschen haben sich diese Maxime auf die Fahnen geschrieben, ob Künstler, Wissenschaftler, Sportler oder andere, die eines Tages ihre Leidenschaft verwirklicht haben. Wenn jemand in seinem Bereich außergewöhnliche Leistungen vollbringt, dann erregt er ziemlich oft die Bewunderung der Menge, aber auch Neid. Angesichts des Erreichten vergisst man alle Anstrengungen, Opfer, Entbehrungen, Prüfungen, Zweifel, Niederlagen, die verbissene Arbeit, die eingegangenen Risiken und die Überzeugung, die allesamt für den Erfolg des Unternehmens notwendig waren.

Nur wenige unter uns fühlen sich fähig, ihre verrücktesten Träume zu verwirklichen, und viele geben bei den ersten Schwierigkeiten auf. Ich rate dir, die Biografie der Menschen zu lesen, die du bewunderst, Lila, dann begreifst du die volle Tragweite dieser Maxime, die jeder, der seinen Stern sucht, im Gedächtnis behalten sollte.

Verliere deinen Stern nicht aus den Augen, Lila, wenn sich dir Hindernisse in den Weg stellen. Glaube an ihn und bewahre dir deinen Glauben. *Per aspera ad astra.*

ESTO QUOD ES
Sei, was du bist

Du entgegnest mir zu recht, Lila, dass es manchmal schwierig ist, ganz man selbst zu sein. Man würde sich in bestimmten Situationen gegenüber einer Person gern so verhalten, so und so reagieren, unserer wahren Natur folgen, doch plötzlich ist man nicht dazu fähig, und danach ärgert man sich über sich selbst, weil man nicht so reagiert hat, wie es der Situation angemessen gewesen wäre. Die Angst vor dem Gerede, die Angst vor dem Blick der anderen oder der Gesellschaft hemmt uns und hindert uns daran, unser wahres Wesen zu offenbaren.

Die Umsetzung der Maxime *esto quod es* wird einfacher, wenn man die vorhergehenden Leitsprüche vollkommen verinnerlicht hat – insbesondere *amor fati,* bejahe die Situation so, wie sie ist, akzeptiere, was du bist, *memento mori*, wer den Tod nicht mehr fürchtet, handelt authentisch, er fürchtet auch das Leben nicht mehr, und *memento audere semper*, denk daran, immer Mut zu beweisen, denk an die berühmten oder unbekannten Persönlichkeiten, die beispiellosen Mut bewiesen haben.

Esto quod es, sei, wer du bist, beginnt mit einer totalen Akzeptanz der eigenen Person, der eigenen Stärken und Schwächen, Qualitäten und Fehler, der guten und schlechten Launen, der Momente des Zweifels und der Angst ebenso wie der Momente des Glaubens und des Muts sowie der körperlichen Besonderheiten, die nicht unbedingt der Norm entsprechen. Du bist ein einzigartiges Geschöpf, Lila, so wie jeder von uns. Es gibt kein anderes Du und kein anderes Ich! Wir ähneln uns alle biologisch, aber als Individuen sind wir verschieden! Die Unterschiede zwischen uns beruhen auf unseren physischen und psychischen Besonderheiten.

Der eine findet sich zum Beispiel zu groß, der andere zu klein; der eine findet sich zu dick, der andere zu dünn; der eine findet sich zu schüchtern, der andere zu zurückhaltend. Die Liste unserer vermeintlichen Unzulänglichkeiten ist endlos. Der englische

Dichter Lord Byron schrieb, die größte Tragödie des Menschen sei, dass er die Fähigkeit besitze, sich eine Vollkommenheit vorzustellen, die er nicht erreichen könne. Was würde er heutzutage sagen, wo das Diktat des schönen Scheins omnipräsent ist – in Zeitschriften wie in der Werbung, die uns makellose Geschöpfe präsentieren und uns Produkte verkaufen, mit denen wir angeblich diese Vollkommenheit erreichen … was für eine Augenwischerei! Es kann schwer erträglich und schmerzhaft sein, anders zu sein, außerhalb der Norm zu stehen. Der Blick der anderen ist ein kalter und unbarmherziger Richter!

Und wenn wir uns selbst aus einem neuen Blickwinkel betrachten würden, wenn unsere Andersartigkeit tatsächlich eine Chance wäre? Das bedeutet, dass wir uns von der Masse, von der Herde unterscheiden und anderen als Beispiel dienen können, damit sie sich ebenfalls vom Blick der anderen emanzipieren. Wie viele von uns wagen es nicht, ihr volles Potenzial zu entwickeln, weil sie so abhängig sind vom Blick der anderen? Mit der Herde mitzulaufen ist beruhigend.

Das eben lehrt uns die Maxime *esto quod es*. Wenn du sie zusammen mit den vorhergehenden Sinnsprüchen anwendest, kannst du sie leichter in die Praxis umsetzen. Wir sind alle einzigartig, ein jeder von uns hat seine Qualitäten und besonderen Begabungen, die wir der Welt bieten können. *Esto quod es* lehrt uns, die anderen in ihrer Unterschiedlichkeit so zu akzeptieren, wie sie sind, ohne sie verändern zu wollen. Indem du bist, was du bist, stellst du es auch den anderen frei, zu sein, was sie sind, ohne über sie zu urteilen.

Und um mit dieser Maxime abzuschließen, Lila, möchte ich dich an die Fabel vom hässlichen Entlein erinnern. Es fand sich hässlich und litt darunter, dass es sich von seinen Gefährten unterschied, die es verspotteten. Bis sich seine wahre Natur offenbarte, die eines edlen, mächtigen und herrlichen Schwans. *Esto quod es*, sei, was du bist.

Nun möchte ich dir einige weitere Maximen vorstellen, Lila. Du wirst sehen, dass sie die vorhergehenden ergänzen und dass es nützlich ist, sie zu kennen, denn auch sie können wertvolle Hilfen sein, wenn du Momente des Zweifels durchlebst.

EX MALO BONUM
Jedes Übel hat auch sein Gutes

Du hast bestimmt schon den Ausdruck gehört: »Das Übel hat vielleicht auch seine gute Seite.« Wir hören ihn z. B. in unserem Umfeld, wenn wir einen Verlust, einen Rückschlag, eine Niederlage erlebt haben oder eine schwere Prüfung durchmachen. Diese Maxime ist nicht immer ganz leicht in die Praxis umzusetzen, denn wenn wir eine schmerzliche Erfahrung machen, ist unsere erste Reaktion im Allgemeinen Kummer, Wut, Verständnislosigkeit oder eine andere negative Emotion. Sie lässt sich also nicht auf jede Situation anwenden, aber ich bin sicher, dass sie bei vernünftiger Verwendung helfen kann, schwierige Situationen zu umschiffen.

Ex malo bonum bedeutet, dass ein negatives Ereignis manchmal lehrreich sein kann, dass wir dabei jemanden kennenlernen können, dem wir andernfalls niemals begegnet wären, dass sich unsere Prüfungen in etwas Positives verwandeln können. Das typische Beispiel zur Veranschaulichung dieser Maxime ist das eines Reisenden, der sein Flugzeug verpasst. Zuerst ist er wütend, dann aber lernt er im nächsten Flug, den er sonst nie gebucht hätte, jemanden kennen, der eine wichtige Rolle in seinem Leben einnehmen wird. Du wirst sagen, dass das ein extremes Beispiel ist, aber solche Dinge kommen viel öfter vor, als du denkst!

Ex malo bonum verweist uns außerdem auf den Begriff der Serendipität. Oft hat ein Zwischenfall, ein ungeplantes Ereignis einem Leben eine andere Wendung gegeben. Bedeutende Entdeckungen kamen durch Zufall ans Licht oder infolge einer Kette von unvorhergesehenen Ereignissen, die a priori negativ waren. Ich möchte dir gern eine kleine Geschichte erzählen, die ich sehr liebe und die die Idee von *ex malo bonum* wunderbar veranschaulicht.

Ein alter chinesischer Bauer besaß ein schönes Pferd, das sein ganzer Stolz war. Eines Tages brach das Pferd aus seiner Koppel aus und lief in die Berge. Die Nachbarn des Bauern kamen zu ihm und sagten:

»Was für ein Pech!« Darauf antwortete der alte Mann: »Wer weiß.« Am nächsten Tag kehrte das Pferd zusammen mit einer Herde wilder Stuten zum Hof zurück und führte sie auf seine Koppel. Da sagten die Nachbarn des Bauern zu ihm: »Was für ein Glück!« Darauf antwortete der alte Mann: »Wer weiß.« Am folgenden Tag beschloss der Sohn des Bauern, auf einer der wilden Stuten zu reiten, doch er fiel herab und brach sich ein Bein. Die Nachbarn des Bauern riefen: »Was für ein Pech!«, worauf der alte Mann antwortete: »Wer weiß.« Einige Zeit später kam die Armee in das Dorf geritten, um alle jungen Männer zum Kriegsdienst einzuziehen. Nur der Sohn des Bauern mit seinem gebrochenen Bein wurde verschont.

Und schließlich lehrt uns *ex malo bonum,* dass wir in der großen Bewegung des Universums ohnehin unmöglich vorhersagen können, ob das, was uns passiert, für unsere persönliche Entwicklung gut oder schlecht ist. Eine Krise kann sich im Nachhinein als eine Chance erweisen, die unseren Blick wieder auf das wirklich Wichtige lenkt. Die Wege der Vorsehung sind und bleiben rätselhaft und unergründlich …

TEMPORA MUTANTUR
ET NOS MUTAMUR IN ILLIS
Die Zeiten ändern sich,
und wir ändern uns mit ihnen

Du erzählst mir von dieser Freundin aus Kindertagen, die dir kürzlich auf der Straße begegnet ist. Ihr hattet euch seit mehr als zehn Jahren nicht gesehen, und nachdem die erste Freude und Aufregung über das Wiedersehen sich gelegt hatte, warst du traurig darüber, dass sie später keinen Kontakt zu dir aufgenommen und nicht auf deine Nachrichten geantwortet hat. Es scheint ziemlich klar zu sein, dass sie den Jahre zuvor abgebrochenen Kontakt zu dir nicht wieder aufnehmen wollte. Das ist in der Tat traurig, und genau das lehrt uns diese Maxime. Wir lernen Menschen zu einem bestimmten Zeitpunkt unseres Lebens kennen, wir gehen ein mehr oder weniger großes Stück Weg gemeinsam, dann trennen sich unsere Wege aus vielerlei Gründen wieder. Dieses

Phänomen ist alles andere als ungewöhnlich, und wir müssen es akzeptieren, ohne uns übermäßig darüber zu empören. Die Menschen der Vergangenheit sehen uns auch weiterhin mit den Augen der Vergangenheit. Doch die Jahre haben uns verändert, wir bewegen uns jetzt in anderen Energiesphären, wir haben neue Beziehungen, und das Leben hat uns Schritt für Schritt von dem entfernt, was wir damals waren.

Während wir heranwachsen, verlieren wir die Sorglosigkeit, die unsere Kindheit begleitete. Gute und schlechte Ereignisse, Prüfungen und Begegnungen formen und verwandeln uns beständig. Sieh das Gute daran, Lila: Wenn wir die Gleichen blieben, wäre keine Entwicklung möglich und wir wären quasi in unserem Wachstum erstarrte Wesen. Doch die Erfahrungen, die wir machen, bilden nach und nach die Grundlage unseres Lebens, bereichern es und bewirken, dass es sich unaufhörlich verändert. So kommt es, dass Paare sich nach vielen Jahren, die sie zusammengelebt haben, trennen, weil jeder sich in eine andere Richtung entwickelt hat; eines Tages wird die Trennung unvermeidlich und man muss sie akzeptieren. So kommt es, dass die Hobbys, die Leidenschaften, die Interessen, die wir mit zwanzig Jahren hatten, nicht mehr unbedingt die gleichen sind wie die, die wir mit fünfzig haben.

Es war also nett, deine Freundin wiederzusehen, aber nun lass sie ihr Leben leben, wenn sie nicht mit dir in Kontakt bleiben will. Sei ihr nicht böse deswegen. Das Leben wird dir neue Überraschungen bescheren, viele Überraschungen, dessen kannst du dir sicher sein!

Die Maxime erinnert uns auch daran, dass das, was wir für sicher und unverrückbar halten, es morgen nicht mehr unbedingt ist. So beruht die moderne Medizin beispielsweise auf Dogmen, die sie für unabdingbar hält. Im Mittelalter hielten die Ärzte den Aderlass für das ultimative Heilmittel. In einigen Jahrhunderten werden die Ärzte unsere heutige Medizin als veraltet, barbarisch und archaisch betrachten.

Behalte diesen Leitsatz im Gedächtnis, Lila: *Tempora mutantur et nos mutamur in illis.* Die Zeiten ändern sich, und wir ändern uns mit ihnen!

GESTA NON VERBA
Weniger Worte, mehr Taten

Du erzählst mir von einer Bekannten, die immer voller Ideen und Projekte ist, nach einigen Jahren aber nichts davon realisiert hat. Das ist kein Einzelfall und typisch für viele Leute. Sie erzählen dir: »Wir machen dies oder jenes« oder »Später werde ich dies oder das sein«. Die Zeit vergeht, aber am Ende stehen sie immer noch am gleichen Punkt. Solche Menschen sollte man an diese Maxime erinnern, die zur Tat aufruft: *gesta non verba,* weniger Worte, mehr Taten. Es bewegt sich nichts im Leben, wenn man sich nicht an einem bestimmten Punkt entschließt, zur Tat zu schreiten. Träumen, ausarbeiten, planen, theoretisieren und diskutieren ist nützlich, aber wenn dem nicht konkrete und produktive Handlungen folgen, passiert nichts. Unsere schönen Projekte bleiben

Träume, die schon gestorben sind, bevor sie überhaupt gelebt haben – und viel später, an unserem Lebensabend, kehren sie zurück, um in unserem Kopf herumzuspuken und uns zu fragen: »Warum hast du mich nicht verwirklicht? Dabei hättest du nur handeln und dich vorwagen müssen.«

Wenn man das auf den Bereich der persönlichen Entwicklung überträgt – egal, um welche spezielle Problematik es sich handelt –, heißt das: Man kann Probleme nicht dadurch lösen, indem man Bücher liest oder bestimmte Übungen durchführt, sondern nur indem man die Ärmel hochkrempelt und sich an die Arbeit macht. Man kann dies oder jenes zu verstehen versuchen, aber man muss diese Phase überwinden und aktiv werden. Engagierte Menschen leben ihre spirituelle Suche im Handeln und nirgendwo sonst. Andernfalls handelt es sich schlicht um eine Beigabe. Wer handelt, bleibt nicht in Tatenlosigkeit stecken, er hat keine Zeit mehr, sich in Selbstzweifeln zu ergehen – »Mir fehlt es an Selbstvertrauen« – oder sich zu fragen: »Wo ist mein Platz?« oder »Welchen Sinn hat das Ganze?« Man muss sich auf der einen Seite persönlich verbessern und auf der anderen Seite handeln. Und wenn man handelt, muss man sich voll und ganz einbringen in das, was man tut, in allen Bereichen. Sonst verpasst man das Wesentliche, was dieses Leben uns zu geben hat. Man muss sich selbst gegenüber wachsam sein. Wir müssen unser Leben Tag für Tag entwerfen, es Stein auf Stein erbauen, bis alles, was man geschaffen hat, sich festigt.

Gesta non verba erinnert uns daran, dass wir eine ungeheure Kraft besitzen, nämlich die der Tat. Und dennoch wagen es viele von uns aus Angst vor Niederlagen nicht, die Phase der Träume hinter sich zu lassen. Auch aus Angst davor, sich in Gefahr zu bringen und eine ohnehin illusorische und entfremdende Sicherheit aufzugeben. Wie kann man sich selbst beweisen, dass man an sich glauben kann? Nun, ganz einfach, indem man handelt. Egal, ob ich die Ursache meiner Probleme kenne oder nicht. Wenn ich handle, bewege ich mich auf meinem Weg voran und ich kann das, was mir Probleme bereitet, verändern. Wie ich dir in einer früheren Maxime beschrieben habe: Nichts im Leben ist sicher. Machen wir also alles so, als gäbe es nichts Wichtigeres. Danach wird man sehen, ob es funktioniert oder nicht. In jedem Fall habe ich dann mein Möglichstes getan, und das wird sich auszahlen, was auch immer das Resultat sein mag.

Ich werde etwas lernen aus der bloßen Tatsache, dass ich gehandelt und mich dabei rückhaltlos eingebracht habe, auch wenn meine Handlungen nicht die erwarteten Ergebnisse bringen.

Also, Lila, geh zu dieser Person aus deinem Bekanntenkreis und sage ihr: *Gesta non verba*, hör auf zu reden, handle und dann komme, was wolle!

AGE QUOD AGIS
Was du tust, das tue richtig

Die Weisen des Altertums hatten eine ganz ähnliche Sicht wie die Zen-Mönche in Hinblick auf die Notwendigkeit, bei dem, was man tut, vollkommen präsent zu sein, auch wenn ihre Vorgehensweise deutlich anders war. Wenn du mir schreibst, dass es dir oft schwerfällt, dich auf den gegenwärtigen Moment zu konzentrieren, auf die Aufgabe, mit der du beschäftigt bist, und dass dein Geist sich weit vom Augenblick entfernt, dann erinnere dich an diese drei Worte: *age quod agis.* Sie werden dich daran erinnern, deine Aufmerksamkeit auf die aktuelle Situation zurückzulenken.

Man vergeudet nicht nur seine Zeit und die der anderen, wenn man sich nicht bedingungslos auf das einlässt, was man tut, sondern auch kostbare Energie. Das Ergebnis ist häufig ein Zustand der Enttäuschung, ein Gefühl der Unfertigkeit und Vergeudung. Ich gestehe dir zu, dass es schwierig sein kann, die Gegenwart zu bewältigen und in ihr zu leben und dass man oft von Hoffnungen oder Erinnerungen vereinnahmt wird. Und trotzdem müssen wir in der Gegenwart leben, denn das ist alles, was wir greifen können, weil die Vergangenheit für immer im Schattenreich der Zeit verloren und die Zukunft noch ein Mysterium ist.

Was auch immer du tust, Lila, von den trivialsten Aktivitäten bis zu den vornehmsten, *age quod agis*, sei hundertprozentig bei der Sache. Wenn du kochst, wenn du isst, wenn du saubermachst, Geschirr spülst, dich wäschst, auf die Straße gehst, joggst, mit anderen zusammen bist, wenn du an einer beliebigen Aufgabe arbeitest, denke immer an *age quod agis*.

Wenn du in einer Beziehung zu jemandem stehst, sei sie freundschaftlicher, romantischer oder beruflicher Natur, dann lass dich darauf ein, als wäre es die große Beziehung deines Lebens. Selbst wenn sie nur drei Stunden oder drei Tage dauert, engagiere dich rückhaltlos in diesen drei Stunden oder Tagen. Lebe sie, als wäre sie einzigartig, außergewöhnlich und

einmalig. Das gilt besonders im Fall einer Liebesbe-
ziehung. Wenn man sich nicht bedingungslos darauf
einlässt, besteht die Gefahr, dass man die Beziehung
und damit auch sich selbst sabotiert. Es wäre schade,
das Wesentliche zu verpassen, weil man sich in Gedanken lieber mit anderen Dingen beschäftigt.

MENS SANA IN CORPORE SANO
Ein gesunder Geist
in einem gesunden Körper

Du erzählst mir, dass immer mehr junge Leute um dich herum ihre seelische und physische Gesundheit buchstäblich zerstören. Du beschreibst, dass sie sich unter der Woche ausschließlich von Junkfood ernähren, von Burgern oder Tiefkühlpizza, dass sie dazu literweise Softdrinks in sich hineinschütten und sich am Wochenende mit Alkohol und Drogen zudröhnen, bis sie völlig stumpfsinnig werden. Stumpfsinnig in jeder Bedeutung des Wortes, das heißt gleichzeitig geschwächt und lethargisch, aber auch dumm und schwachsinnig. Urteile nicht zu hart über diese jungen Leute, Lila. Mit achtzehn oder zwanzig Jahren fühlt man sich unverwundbar und unsterblich, und es ist zwecklos, ihnen moralische Vorträge zu halten.

Ein Exzess von Zeit zu Zeit schadet unserem Wohlbefinden nur wenig. Wenn solche Exzesse jedoch zur Gewohnheit werden, können sie gravierende Probleme nach sich ziehen. Und diese jungen Leute haben bereits Gewohnheiten angenommen, die irgendwann unweigerlich ihren Tribut fordern werden.

Was also tun? Ich habe keine Patentlösung. Den Prozess der Bewusstwerdung muss jeder für sich selbst durchlaufen. Oft kommt es erst dann zu einer Veränderung des Lebensstils, wenn die Probleme schon offensichtlich sind. Man kann höchstens versuchen, diese jungen Menschen zu sensibilisieren, indem man ihnen beispielsweise die Zusammenhänge zwischen seelischer und körperlicher Gesundheit und Ernährung erklärt und ihnen zusätzlich zu den wissenschaftlichen Untersuchungen zu diesem Thema konkrete Fälle präsentiert. Oder vielleicht, indem man ihnen eine Challenge, eine Herausforderung in Form einer Ernährungsumstellung vorschlägt. Sie muss nicht für immer sein, sollte jedoch lange genug andauern, um Verbesserungen sowohl in ihrem Energieniveau als auch in ihrem mentalen und emotionalen Wohlbefinden zu ermöglichen. Manche von ihnen werden dann neue Lebensgewohnheiten annehmen, weil sie die Vorteile am eigenen Leib erfahren haben und weil sie dadurch begreifen, dass sie davon mehr haben als von ihrer alten Lebensweise – vorausgesetzt, sie beweisen genug Charakterstärke und beugen sich nicht dem Gruppenzwang. Schon der berühmte griechische Arzt Hippokrates kannte diesen Zusammenhang, daraus formulierte er damals den Satz: »Lass deine Nahrung deine einzige Medizin sein.«

Mens sana in corpore sano bedeutet folglich: Sorge für deinen Körper, für die physische Nahrung, die du ihm gibst, bewege ihn, liebe ihn und kümmere dich auch um deinen Geist und deine Seele, um die immaterielle Nahrung, die du ihnen gibst, deine Gedanken und deine Emotionen. Und vergiss dabei nicht, dass viele sogenannte Geisteskrankheiten wie Depression oder Angstzustände auch durch eine Veränderung der Ernährungsgewohnheiten gebessert werden können.

Vermeide sowohl negative oder destruktive Verhaltensweisen als auch physische wie emotionale Abhängigkeiten. Unser Geist kann sein Gleichgewicht im Allgemeinen leichter wiederherstellen, wenn unser

Körper ausreichend Mineralien und Vitamine durch frisches Obst und Gemüse erhält. Dann werden Gesundheit, Freude und Wohlbefinden wieder zum Normalzustand.

TERRA INCOGNITA
Unbekanntes Terrain

Das, Lila, ist eine Maxime, dich ich besonders inspirierend finde, und ich hoffe, dir geht es genauso. Vielleicht hast du diesen Ausdruck schon einmal gehört?
Terra incognita lädt uns ein, unbekanntes Terrain zu
betreten, uns für das Unbekannte und Unvorhergese-
hene zu öffnen, unsere Komfortzone zu verlassen und
das Mysterium des Lebens mit dem staunenden Blick
eines Kindes zu begrüßen.

Terra incognita bietet den Dilettanten des Lebens, denen, die nicht wissen, welche Richtung sie
einschlagen sollen und denen es schwerfällt, sich mit
der Alltagsroutine zufriedenzugeben, die Möglich-
keit, sich für ein vornehmes Ziel im Dienste der
Menschheit zu engagieren. Es lädt sie ein, sich von
Männern und Frauen inspirieren zu lassen und denen

nachzueifern, die als Forscher, Entdecker, Erfinder, Künstler und Philosophen wirken, all den Menschen, die die menschliche Rasse weiterbringen, die Dinge in Bewegung setzen und vorantreiben, und die verrückt genug sind, zu glauben, dass sie die Welt verändern und verbessern können. Diese Menschen sind es, die neue Wege und neue Lebensweisen ausprobieren, die eine Vision der Menschheit haben und dieser ihr ganzes Leben widmen.

Eben jene Menschen haben seit jeher dazu beigetragen, dass alte Paradigmen verändert und schließlich abgeschafft wurden, damit neue an ihre Stelle treten können. Sie haben sich über die Normen und die bestehenden Denkmuster hinweggesetzt, um jenseits der Beschränkungen ihrer Zeit Neues zu erschaffen. Man hielt sie oft für Visionäre, doch sie kümmerten sich nicht darum und verfolgten unermüdlich ihr Werk. Sie waren bereit, alles aufs Spiel zu setzen, einschließlich ihres Lebens, um ihre Mission zu Ende zu führen. Das sind wirklich inspirierende Vorbilder, Lila!

Wie kannst du diese Maxime in deinem Alltag umsetzen? Als Erstes kannst du dich fragen, welche Art von Gesundheit, Bildung oder Politik dir die Gesellschaft oder die Obrigkeit vorschreiben wollen. Du kannst die etablierten Dogmen nicht mehr ungefragt akzeptieren, und zwar in allen Bereichen. Dank der globalen Entwicklung des Internets ist es heute möglich, in Echtzeit zu überprüfen, ob die von den Massenmedien oder von offiziellen Instanzen verbreiteten Informationen nicht einer Form von Propaganda entspringen, die den Interessen einiger weniger zulasten der Mehrheit oder gar noch finstereren Absichten dienen soll.

Ich möchte hierzu ein ganz einfaches Beispiel anführen, das alle betrifft: die Gesundheit. Sie ist zweifellos unser kostbarstes Gut. Und was machen wir damit? Anstatt sie zu unserer ureigensten Sache zu machen und uns selbst um ihre Erhaltung zu bemühen, vertrauen wir sie schnellstmöglich äußeren Autoritäten an, in diesem Fall dem Arzt, der sich die meiste Zeit darauf beschränkt, unsere Symptome zu behandeln, ohne die wahren Ursachen anzugehen. Die gesamte westliche Medizin kreist um ein Paradigma: Das Symptom ist schlecht, man muss es beseitigen. Dennoch beginnen mutige Ärzte, dem Beispiel der Naturheilkundler zu folgen, die in Anlehnung an Antoine Béchamp erkennen: »Die Mikrobe ist nichts, das Milieu ist alles.« Viele chronische Krankheiten etwa können mithilfe sanfter Therapien in Kombination mit einer Ernährungsumstellung besiegt werden. Diese Methoden laufen selbstverständlich den Dogmen der Medizinindustrie und ihrem Hauptsponsor, der Pharmaindustrie, zuwider. Krankheit ist ein großes Geschäft!

Terra incognita bedeutet, sich für die Ideen der Pioniere zu öffnen, die andere, weniger aggressive, weniger schädliche und weniger teure Wege außerhalb des Systems einschlagen. Es bedeutet, sich auf unbekanntes Terrain zu wagen, selbst Dinge auszuprobieren und seine eigenen Antworten zu finden, anstatt ohne nachzudenken alles zu akzeptieren, was man uns sagt. Es bedeutet, Fragen zu stellen und weiterzusuchen, wenn uns die Antworten nicht gefallen.

Mehr denn je wird uns klar, dass unser Gesellschaftsmodell, das auf einem ultraliberalen Kapitalismus basiert, nicht mehr funktioniert und dass es zudem große Gefahren für uns, unsere Umwelt und den Planeten birgt. Überall auf der Welt schließen sich Menschen zusammen, um Alternativen für dieses alte Modell zu finden, das keine Zukunft mehr hat. Diese Menschen wagen sich auf *terra incognita* vor. So wie

Pioniere und Entdecker früherer Zeiten nehmen auch sie das Risiko auf sich, sich dem Unbekannten zu stellen, sich manchmal zu irren. Aber das macht nichts, denn sie schreiten voran, sie handeln. Und man kann davon ausgehen, dass dank dieser Visionäre eines Tages eine neue, humanere Gesellschaft entstehen wird, die achtsamer mit dem Leben umgeht. Das dauert vielleicht seine Zeit, denn Mentalitäten ändern sich nur langsam und Paradigmen sind schwer zu erschüttern – aber glaube mir, es wird so kommen. Es liegt allein in den Händen der Menschheit, ob dieser Übergang sanft oder chaotisch verlaufen wird.

Wenn du also Phasen des Zweifels und der Schwäche durchlebst, Lila, dann lass dich von der mächtigen Brise von *terra incognita* forttragen und begeistern! Überlege dir, wie du die Dinge in deinem Umfeld verbessern kannst. Das Leben ist ein Abenteuer, also erforsche es, geh vorwärts, lass dich auf Risiken ein und fürchte dich nicht mehr davor, allein und unverstanden zu sein!

Nun möchte ich dir zum Abschluss dieses Briefes einige letzte Maximen vorstellen, Lila, die dir bestimmt in manchen Situationen nützlich sein werden.

Ich überlasse es dir, über sie nachzudenken und sie anhand der Ideen, die dir dazu in den Sinn kommen, mit Leben zu füllen. Du wirst sehen, es ist eine unterhaltsame Übung! Hier sind sie:

Alterius non sit, qui suus esse potest: Wer sein eigener Herr sein kann, soll keinem anderen dienen. Die Freiheit, du selbst zu sein, ist dein höchstes Gut, Lila. Gehe also deinen eigenen Weg, denn du musst nicht den vorgezeichneten Spuren eines anderen folgen. Und denk daran, dass es sowieso keinen Weg gibt, dem man folgen könnte, denn der Weg entsteht ja erst beim Gehen.

Aquila non captat muscas: Der Adler fängt keine Fliegen. Halte deinen Geist immer und unter allen Umständen rein und integer, verliere keine Zeit mit Unwichtigem, lasse nicht zu, dass kleinliche Streitereien und andere schäbige Verhaltensweisen dir das Leben vermiesen. Schwebe erhobenen Hauptes über dem Leben wie ein Adler, der majestätisch über Gipfel und Täler fliegt.

Audaces fortuna juves: Den Mutigen hilft das Glück. Das Leben ist kurz, Lila, also zögere nicht, deinen Träumen entgegenzufliegen und Risiken einzugehen, um sie zu verwirklichen. Das ist der Preis, den du zahlen musst, um dein Schicksal auf dieser Welt zu erfüllen.

Capax infiniti: Fähig, das Unendliche zu begreifen. Wir leben in einer rätselhaften Welt und das, was wir wahrnehmen, ist nur ein winziger Teil des Universums. Dieses ist unendlich, und wer fähig ist, seine Seele zu diesem Unendlichen zu erheben, kann die Seele der Welt wahrnehmen – das, was die Menschen Gott nennen, die unendliche schöpferische Energie, die sich in der gesamten Schöpfung, in jedem Gegenstand und in jedem Lebewesen, manifestiert.

Consuetudinis vis magna est: Die Macht der Gewohnheit ist groß. Viele Menschen bleiben klein und engstirnig und schöpfen ihr volles Potenzial nicht aus, weil sie durch die Gewohnheit blockiert werden. Um uns zu entwickeln, müssen wir unsere Routine durchbrechen, unsere Komfortzone verlassen und sowohl uns selbst als auch unsere Umgebung überraschen, Lila. Es steht uns frei, unsere Gewohnheiten beizubehalten oder zu verändern. Die Entscheidung liegt bei uns.

Errare humanum est, perseverare diabolicum: Irren ist menschlich, aber auf Irrtümern zu bestehen ist teuflisch. Niemand ist vollkommen und frei von

Fehlern. Das liegt in der Natur des Menschen. Wir sind auf Erden, um Erfahrungen zu machen, angenehme und weniger angenehme. Es ist folglich normal, dass wir Fehler machen und uns manchmal irren. Wichtig ist, dass wir daraus lernen, ohne deshalb Schuldgefühle zu haben. Sonst wiederholen wir stets die gleichen Muster und Irrtümer und fallen immer wieder in die gleichen Situationen zurück.

Fugit irreparabile tempus: Unwiederbringlich entflieht die Zeit, sie ist für immer verloren. Ach, diese Zeit, die uns verschlingt, wie ein antiker Dichter sagte. Wie ich dir schon geschrieben habe, ist das Leben kurz und vergeht sehr schnell. Und man kann die Zeit nie zurückdrehen. Packen wir also die Gegenwart beim Schopfe, vergeuden wir sie nicht, machen wir das Beste für uns daraus und leben wir jeden Moment voll und ganz. Wenn wir so immer das Beste daraus machen, dann haben wir nichts zu bedauern, wenn wir dieses Leben verlassen müssen.

Gaudeamus igitur: Lasst uns also fröhlich sein. Ob bei Wind und Regen, Schnee und Kälte ebenso wie in der Sonne oder in der Behaglichkeit eines geschützten Hafens – wir wollen uns freuen über diese Erfahrung, die man Leben nennt. Denn im Grunde ist nichts so wichtig wie sie. Angesichts der Unermesslichkeit des Universums haben wir in Wahrheit nur wenig Bedeutung. Alles kommt und vergeht eines Tages wieder. Wozu sich also quälen, wozu sich aufregen? Schöpfen wir jede Erfahrung, die sich auf unserem Weg ergibt, ob gut oder schlecht, voll aus, und versuchen wir, darin etwas zu entdecken, das uns Freude macht.

Medicus curat, natura sanat: Der Arzt behandelt, die Natur heilt. Der Arzt sollte im kranken Organismus die Bedingungen schaffen, die für die Wiederherstellung der Gesundheit notwendig sind. Dann übernehmen die Lebenskräfte, jene Energien, die wir noch sehr wenig kennen, die Aufgabe der Genesung. Unglücklicherweise tendiert die moderne Medizin dazu, uns mit chemischen Substanzen vollzupumpen, die dem Organismus oft mehr schaden als nutzen, da sie Nebenwirkungen mit teils sehr schlimmen Folgen hervorrufen. Die Menschheit sollte lernen oder wieder lernen, in Einklang mit der Natur zu arbeiten, anstatt gegen sie. Der Arzt der Zukunft sollte diesen Weg einschlagen, aber die Dogmen sind nur schwer niederzureißen.

Nil desperandum: Man darf nie verzweifeln. Am

Ende geht immer eine Tür auf, selbst wenn im ersten Moment alle verschlossen zu sein scheinen. Denk an das, was ich zu einer früheren Maxime geschrieben habe, Lila: Eine Krise kann sich als Chance erweisen. Wenn du alles verloren glaubst und keine Hoffnung mehr hast, denk daran, dass das Leben voller Überraschungen und unverhoffter Schätze ist. Bewahre deine Zuversicht, und falls es trotz allem an der Zeit ist, eine andere Richtung einzuschlagen, dann akzeptiere das im Vertrauen darauf, dass das Unbekannte die Arme für dich ausbreitet und dich auf deinem Weg noch schöne Dinge erwarten.

Nil volentibus arduum: Dem Mutigen ist kein Weg zu schwer. Das Leben ist kurz, also wage etwas, riskiere etwas, schwing dich zu deinen Träumen auf! Lass deinen Stern nicht aus den Augen und arbeite zugleich auf Erden unermüdlich an seiner Verwirklichung. Behalte im Hinterkopf, was andere bereits an Schönem, Großem und Edlem realisiert haben. Lass dich von ihnen inspirieren und handle!

Omne tulit punctum, qui miscuit utile dulci: Allen Beifall gewinnt, wer das Nützliche mit dem Angenehmen verbindet. Ich glaube, dass diese Maxime den Schlüssel für all unsere großen Leistungen enthält. Was gibt es für eine größere Befriedigung als zu wissen, dass man einen Beitrag zum Allgemeinwohl oder zum besseren Wohlbefinden eines Menschen geleistet hat, und dabei auch noch selbst glücklich zu sein? Es gibt so viel zu tun auf dieser Welt, Lila, wir sollten immer und überall versuchen, das Angenehme mit dem Nützlichen zu verbinden, denn ein Projekt wird umso vollkommener, wenn beide Eigenschaften zusammentreffen.

Omnia vincit amor: Die Liebe besiegt alles. Was für ein tristes Leben führen die, die nicht lieben, was sie tun und wie sie leben. Nur wenn wir das, was wir tun oder erreichen wollen, lieben, können wir Schwierigkeiten, Prüfungen, Widrigkeiten und Wechselfälle aller Art überstehen. Die Liebe, die wir für einen anderen Menschen empfinden, erfüllt unser Herz, unseren Körper, unseren Geist und unsere Seele. Sie ist ein Feuer, das uns mitreißt und uns zu jeder Kühnheit berechtigt, um der Welt zu trotzen, zu kämpfen und alle Hindernisse zu überwinden. Wenn die Liebe uns beflügelt, Lila, dann setzt sie unser ganzes Wesen in Brand und weckt in uns schlummernde Energien, mit deren Hilfe wir mit Sicherheit über alles siegen werden, wenn sie erst einmal freigesetzt sind.

Primum non nocere: Zuerst einmal nicht schaden. Das sollte das Credo der modernen Medizin sein, auch wenn es leider ziemlich oft vergessen wird. Allgemeiner gesagt: Vermeiden wir es, anderen wehzutun, sie zu belästigen oder sie zu verletzen, denn das ist die Grundlage eines guten Lebens in der Gesellschaft. Es gibt nichts Lästigeres als die Schädlinge aller Art, die kein anderes Ziel im Leben haben als eben … den anderen zu schaden.

Sine labore non erit panis in ore: Ohne Arbeit kommt kein Brot in den Mund. Diese Maxime erinnert uns zu recht daran, dass jedem Ergebnis Anstrengungen vorausgehen. Nichts fällt ohne vorbereitende Arbeit vom Himmel. Lassen wir uns nicht von Gurus manipulieren, die uns die wundersame Verwirklichung unserer Träume gegen Bezahlung versprechen. Diese Leute missbrauchen die menschliche Naivität. Niemand ist beispielsweise je reich geworden, indem er sich damit begnügt hat, Tag und Nacht zu verkünden: »Ich bin reich, ich bin reich …« Wer dagegen an einem konkreten Projekt arbeitet und seine Zeit und Energie sinnvoll darin investiert, hat größere Chancen, »das Brot in den Mund zu bringen«.

Sublata causa, tollitur effectus: Mit der Ursache wird auch die Wirkung aufgehoben. Sehr oft beurteilen wir Ereignisse und Situationen nur nach dem, wie sie sich darstellen, und unterlassen es, nach dem Warum zu forschen. Fragen wir uns beispielsweise auf internationaler Ebene, weshalb ein bestimmter Konflikt nie endet, warum immer neue Kriege ausbrechen? Wir müssen lernen, angesichts der durch die Medien verbreiteten Informationsflut über den äußeren Anschein hinaus zu blicken und uns eine eigene Meinung zu bilden. Dann werden wir sehen, dass jeder Konflikt bisweilen weit zurückliegende Ursachen hat und man an diesen Ursachen arbeiten müsste, um die Krise zu entschärfen, anstatt sich in endlose Kriege zu verstricken. Oder nimm auf einer persönlicheren Ebene den Fall eines Menschen, der beispielsweise an einem Ekzem leidet. Keine Behandlung hilft, denn man müht sich damit ab, die Wirkungen, also die Erscheinungsformen der Krankheit, behandeln zu wollen. Bis man erkennt, dass der Betreffende eine Laktoseintoleranz hat. Das Ekzem verheilt, wenn man laktosehaltige Lebensmittel aus seiner Ernährung verbannt. Keine Ursache mehr, keine Wirkung mehr. Ich bin sicher, dass du in deinen persönlichen Erfahrungen viele Fälle findest, auf die du diese Maxime anwenden kannst.

Tempori servire: Sich an die Umstände anpassen. Das Leben besteht aus permanenten Veränderungen. Wir können nie sicher sein, was in der nächsten Stunde passiert. Alles um uns herum verändert sich unaufhörlich – und auch wir ändern uns ständig. Diese kurze Maxime erinnert uns daran, dass wir uns im gesamten Verlauf unseres Weges immer wieder an neue Umstände und Ereignisse anpassen müssen. Wenn wir das nicht tun, erlegen wir uns ein schweres, erstarrtes, strenges und angstbeladenes Leben auf. Sagen wir also »Ja« zur Veränderung und folgen wir vertrauensvoll dem Fluss des Lebens.

Uti non abuti: Gebrauchen, nicht missbrauchen. Exzesse, die sich zu oft wiederholen, bringen unser emotionales Gleichgewicht in Gefahr, und das gilt für alle Bereiche. Sowohl die Weisen der Antike als auch die buddhistischen Mönche lehren uns seit Jahrhunderten, dass Frieden und Gelassenheit in der Ausgewogenheit zu finden sind. Wir sollten den richtigen Abstand zu den Dingen, den Menschen und den Ereignissen wahren. Machen wir von der Hilfe der anderen Gebrauch, aber missbrauchen wir sie nicht.

Machen wir Gebrauch von den guten Dingen, aber missbrauchen wir sie nicht. Machen wir Gebrauch von unseren Kräften, aber missbrauchen wir sie nicht. Nicht zu fern und nicht zu nah. Bleiben wir dem treu, was wir sind, und folgen wir unserem eigenen Weg.

Vince malum bono: Besiege das Schlechte durch das Gute. Ignoriere die, die dich kritisieren, dich auslachen, dich lächerlich machen und dir schaden wollen, weil du einen anderen Weg gehst als sie. Sie versuchen, dich zu verunsichern und auf ihr eigenes Niveau herunterzuziehen, auch wenn sie sich für überlegen halten. Vergeude deine Zeit nicht damit, ihnen Vorwürfe zu machen, überlass dich nicht ihretwegen dem Bösen. Erhebe dich im Gegenteil umso mehr, erschaffe in deinem Leben Gutes und Schönes und schreite deiner Erfüllung in deinem eigenen Rhythmus entgegen. Dann lassen sich vielleicht diejenigen, die dich gestern verhöhnten, von deinen Taten inspirieren und wollen nun auch im Dienste ihres eigenen Wohls an sich arbeiten.

Wir gelangen nun an das Ende des Briefes, und ich habe es sehr genossen, diese Zeit mit dir zu teilen,

Lila. Ich danke dir noch einmal für das Vertrauen, das du mir entgegengebracht hast, und ich hoffe aus tiefstem Herzen, dass diese Seiten dich inspirieren werden.

Diese kleinen Maximen haben eine große Wirkung, das sieht man schon allein daran, dass sie nach vielen Jahrhunderten noch immer recht lebendig sind und ihre Kraft ungebrochen ist. Lies sie, lies sie noch einmal, lerne sie, beherrsche sie, verstehe sie, eigne sie dir an und vor allem: Wende sie an!

Zum Schluss möchte ich dir noch einen letzten Rat geben: Schreibe deine Lieblingssprüche auf Zettel und hänge sie überall bei dir zu Hause auf, damit du sie immer vor Augen hast! Du wirst sehen, das funktioniert!

Ich umarme dich ganz fest, Lila, und denk daran: Das Leben ist wunderbar, geheimnisvoll und zauberhaft.

Das Leben ist eine Erfahrung, die man voll und ganz ausschöpfen muss.

Das Leben ist schön!

GLOSSAR DER
LATEINISCHEN MAXIMEN

In der Reihenfolge ihres Erscheinens im Buch

Amor fati: Liebe dein Schicksal.

Memento mori: Sei dir deiner Sterblichkeit bewusst.

Carpe diem: Nutze den Tag.

Non omnia possumus omnes: Wir können nicht alle alles.

Nulla tenaci invia est via: Für den Beharrlichen ist jeder Weg passierbar.

O homines ad servitutem paratos: O Menschen, die ihr zu jeder Sklaverei bereit seid!

Memento audere semper: Denk daran, immer mutig zu sein.

Per aspera ad astra: Über raue Pfade zu den leuchtenden Sternen.

Esto quod es: Sei, was du bist.

Ex malo bonum: Jedes Übel hat auch sein Gutes.

Tempora mutantur et nos mutamur in illis:
Die Zeiten ändern sich und wir ändern uns
mit ihnen.

Gesta non verba: Weniger Worte, mehr Taten.

Age quod agis: Was du tust, das tue richtig.

Mens sana in corpore sano: Ein gesunder Geist
in einem gesunden Körper.

Terra incognita: Unbekanntes Terrain.

Alterius non sit, qui suus esse potest: Wer sein
eigener Herr sein kann, soll keinem anderen
dienen.

Aquila non captat muscas: Der Adler fängt keine
Fliegen.

Audaces fortuna juves: Den Mutigen hilft das
Glück.

Capax infiniti: Fähig, das Unendliche zu begreifen.

Consuetudinis vis magna est: Die Macht der
Gewohnheit ist groß.

Errare humanum est, perseverare diabolicum:
Irren ist menschlich, aber auf Irrtümern zu
bestehen ist teuflisch.

Fugit irreparabile tempus: Unwiederbringlich entflieht die Zeit, sie ist für immer verloren.

Gaudeamus igitur: Lasst uns also fröhlich sein.

Medicus curat, natura sanat: Der Arzt behandelt, die Natur heilt.

Nil desperandum: Man darf nie verzweifeln.

Nil volentibus arduum: Dem Mutigen ist kein Weg zu schwer.

Omne tulit punctum, qui miscuit utile dulci: Allen Beifall gewinnt, wer das Nützliche mit dem Angenehmen verbindet.

Omnia vincit amor: Die Liebe besiegt alles.

Primum non nocere: Zuerst einmal nicht schaden.

Sine labore non erit panis in ore: Ohne Arbeit kommt kein Brot in den Mund.

Sublata causa, tollitur effectus: Mit der Ursache wird auch die Wirkung aufgehoben.

Tempori servire: Sich an die Umstände anpassen.

Uti non abuti: Gebrauchen, nicht missbrauchen.

Vince malum bono: Besiege das Schlechte durch das Gute.

ÜBER DEN AUTOR

Vincent Cueff praktiziert verschiedene Naturheilverfahren, darunter Touch for Health und die japanische Amma-Massage. Seit vielen Jahren studiert er außerdem die Philosophen und spirituellen Lehren der Welt. Er ist Autor mehrerer erfolgreicher Bücher.

Die französische Originalausgabe erschien 2015 unter dem Titel *La Lettre à Lila* bei Editions Jouvence, S.A., Chemin du Guillon 20, Case 184, CH-1233 Bernex, www.editions-jouvence.com

1. Auflage
Deutsche Erstausgabe
© der deutschsprachigen Ausgabe 2018
Scorpio Verlag GmbH & Co. KG, München
Umschlaggestaltung: Weiss Werkstatt, München
Satz: Danai Afrati & Robert Gigler, München
Druck und Bindung: Pustet, Regensburg
ISBN 978-3-95803-131-9
Alle Rechte vorbehalten.

Mehr über unsere Bücher
www.scorpio-verlag.de